SPRING 野

——

渺小，保持渺小。

Robert Walser
1878—1956

更具体地生长

All This Wild Hope

"你知道吗，雅各布，
逃离文明，实在是妙不可言。"

JAKOB VON GUNTEN
EIN TAGEBUCH

雅各布·冯·贡腾

一本日记

Robert Walser

[瑞士] 罗伯特·瓦尔泽　著

庄亦男　译

广西师范大学出版社

·桂林·

图书在版编目(CIP)数据

雅各布·冯·贡腾：一本日记 / (瑞士) 罗伯特·
瓦尔泽著；庄亦男译. —— 桂林：广西师范大学出版社，
2023.11

ISBN 978-7-5598-6231-0

Ⅰ.①雅… Ⅱ.①罗… ②庄… Ⅲ.①长篇小说 –
瑞士 – 现代 Ⅳ.①I522.45

中国国家版本馆CIP数据核字(2023)第141456号

YAGEBU FENG GONGTENG: YI BEN RIJI
雅各布·冯·贡腾：一本日记

作　　者：（瑞士）罗伯特·瓦尔泽
责任编辑：彭　琳
特约编辑：苏　骏
装帧设计：汐　和　at compus studio
内文制作：常　亭

———————————————————————————

广西师范大学出版社出版发行

广西桂林市五里店路9号　邮政编码：541004

网址：www.bbtpress.com

出版人：黄轩庄

全国新华书店经销

发行热线：010-64284815

北京华联印刷有限公司印刷

开本：787mm×980mm　1/32

印张：7.25　　　字数：94 千

2023 年 11 月第 1 版　2023 年 11 月第 1 次印刷

定价：59.00 元

———————————————————————————

如发现印装质量问题，影响阅读，请与出版社发行部门联系调换。

这里学不到多少东西，师资匮乏，而我们，本雅门塔学校的男孩，到头来必定一事无成，也就是说，我们每个人，在往后的日子里，都只能是些渺小卑微的角色。我们能享受到的课程，无非是要把忍耐和顺从刻进我们的头脑，这两种品质成全不了想要有所作为的人。对，对，追求内在的成就感，我知道。但你能从中得到什么呢？内在的成就能养活你吗？我倒是很乐意变成有钱人，马车代步，出手阔绰。我和我的同学克劳斯谈过这件事，可他只是轻蔑地耸了耸肩，不屑于回应我一句话。克劳斯有他的原则，他仿佛毫不动摇地坐在马鞍上，他骑的那匹马名为"满足"，是一匹驽马，想要驰骋的人不会选它当坐骑。自从来到本雅门塔学校，我已经成功地把自己变成了一团连我自己也猜不透的谜。我同样染上了那种奇特的感觉，一种之前从未体验过的心满意足。我也算听话，但不能和克劳斯相提并论，他是不假思索、满腔热忱地奔赴各种命令的好手。这儿的所有学生都有一个共同点，克劳斯、沙赫特、席林斯基、富克斯、长条儿彼得，还有我，等等，我们所有人，都身陷彻头彻尾的贫穷与依赖。我们很渺小，渺小到一文不值。谁口袋里有一马克零花钱，就会被高看成养尊处优的公子。谁偶尔抽几口香烟，比如我，就会因为这种铺张浪费的行为立刻引人侧目。我们都穿制服。穿制服这件事，既伤了我们的自尊又抬举了我们。它令我们看起来像是失去了人身自由，这或许算是一种耻辱，但穿着制服的我们看着也确实漂亮，不至于像那些套着褴褛肮脏的自家衣服四处走动的人一样丢尽颜面。拿我自己来说，穿制服不会带来任何不适，因为我从来不知道该怎么打扮自己。在这方面，我一时半会儿也看不透自己。也许我的皮囊下就是个完完全全平庸无奇的人。但也有可能，我身体里流淌着贵族的血脉。我不知道。只有一点我是确定的：在以后的人生里，我会成为一个招人爱的圆滚滚的零。我会挺着一把老骨头，听候那些自命不凡、缺乏教养的粗鄙年轻人差遣。也有可能我会去要饭，或者干脆一命呜呼。

实际上，我们这些学徒生或者说寄宿生没有太多事可做，学校几乎没给我们布置什么任务。我们背诵这里的规章制度，或者拿起课本《何为本雅门塔男校之追求？》读上一段。克劳斯还学起了法语，这全得靠他自己，因为诸如外语之类的东西绝不会出现在我们的课程表上。学校只提供一种课程，翻来覆去地教授同样的内容，那就是："男孩们怎样才能举止得体？"大体上，整个课程就围绕这一个问题。没有人教给我们知识，况且，我之前已经提过，师资本就短缺，确切地说，教养老师和教学老师们都睡着了，也可能是死了，或者离死不远了，或者是僵化成了石头，随便吧，无论如何我们都别指望从他们身上学到任何东西。总之，他们因为这样那样的特殊原因像死人一样躺在那里，打着盹儿。一位年轻的小姐顶替了他们的岗位，给我们上课，督促我们遵守规矩，她是校长先生的妹妹——丽莎·本雅门塔小姐。每到上课时间，她就握着一根短小的白色教鞭走进教室。女教师的身影一出现，我们就都从座位上站起身来，等她落了座，我们才跟着再次坐下。她用教鞭短促而不容置疑地在桌子边缘敲三下，课就开始了。这是什么样的课程啊！要是我说它滑稽可笑，那我一定是在说谎。是的，我认为本雅门塔小姐教给我们的东西是值得铭记在心的。我们翻来覆去地学习着相当有限的内容，但也许所有这些琐碎、可笑的东西背后隐藏着一个奥秘。可笑吗？我们本雅门塔学校的男孩从不觉得可笑。我们的面孔和我们的举止都非常严肃。即便是席林斯基也很少笑，他还完全是个孩子呢。克劳斯更是从来不笑，或者就算他不由自主地笑了，那笑容也只是稍纵即逝，随后他还会恼怒不已，责怪自己怎么会鬼使神差地流露出这种违反规定的腔调。总的来说，我们这些学生都不爱笑，换句话说，我们几乎不知道该怎么笑。欢笑的必要条件——快活和洒脱，我们都不具备。我这么说有没有错？天晓得。有时候，我感觉自己待在这个地方，就像身处一个令人费解的迷梦中。

我们这些寄宿生中，年纪最小，个头也最小的就是海因里希了。面对这个男孩，你来不及多想什么，不知不觉心就软了。他会不声不响地站在商铺的橱窗前，被眼前的货品和美食勾住了魂儿。随后他就会走进去，用一个五芬尼硬币买上一些糖果、糕点。海因里希还是个孩子，但他的言谈举止已经像个表现得体的大人了。他总是把头发梳得服服帖帖，头路笔直，令我不由得肃然起敬，因为我在这种并非无足轻重的细节上总是十分马虎。他的声音尖细，像脆弱的鸟鸣。和他一起散步或同他说话时，你会不自觉地用手臂揽住他的肩膀。他有上等人的风度，但又是这么一个小人儿。他没有任何个性，因为他根本就不知道那是什么东西。他肯定也从来没有思考过生活，他为什么要去思考呢？他规规矩矩，孜孜不倦，彬彬有礼，就是没有自我意识。是的，他就像一只鸟儿，全身上下无处不透着安逸和闲适。一只鸟儿向人伸出鸟爪，只是因为它想这样做，鸟儿走路也好站定也好，并不意味它有任何其他目的。海因里希身上的一切都是纯真的、平和的、幸福的。他说他想成为一名侍从。他说出这个愿望的时候没有显出半分粗鄙的迫切，事实上，侍从这份职业对他来说就是最最合适的。他举止和感知上的这种纤弱优美，四处寻找着属于自己的用武之地，看吧，它命中了正确的目标。他会经历些什么呢？经验和知识能在这个男孩身上找到安身之处吗？粗暴的失望又忍心惊扰这样一个柔弱得过分的人吗？另外，我注意到他的态度总是不温不火的，浑身上下看不到半点疾风骤雨，嗅不到一丝挑衅意味。能把他打垮的东西有很多，可他或许根本就注意不到，能教他认识忧虑的东西也很多，对此他同样无知无觉。没有人知道我说得对不对。但不管怎么说，我非常乐意做这样的观察。在某种程度上，海因里希是懵懂无知的。这是他的福气，你得替他高兴。如果他是一位王子，我就会是第一个在他面前屈膝、对他宣誓效忠的人。可惜他不是。

　　我还记得到这里来的第一天，我的一举一动是多么愚蠢。我先是被楼梯间的简陋激怒了。其实呢，那不就是大城市里随处可见的背街房屋的入口楼梯？随后我按响了门铃，一个猴子似的身影为我打开了门。是克劳斯。当时他在我眼里完全就是一只猴子，如今，他的人格特性像光环一样围绕着他，自然使他在我心目中的形象高大了起来。我问他，能否带我去见本雅门塔先生。克劳斯回答，"好的，先生"，然后对着我深深鞠了一躬，动作相当笨拙。这个鞠躬一下子唤醒了我内心的恐惧，我立刻告诉自己，这里一定有什么地方不对劲。从那一刻起，我就把本雅门塔学校看成一个骗局了。我走进了校长的办公室。接下来的场景，我现在每次回想起来还是忍不住发笑。本雅门塔先生问我来干什么。我怯生生地告诉他，我想成为这里的学生。他一言不发，根本没有从报纸上抬起头来。这间办公室、这位校长先生、这只走在我前面的猴子、这扇门、这种默不作声研读报纸的姿态，一切的一切，在我看来都极其可疑，预示着一种一无所成的可悲下场。突然，校长问起了我的名字和出身。我感觉自己这下彻底没救了，因为我已经没有办法从这里逃脱了。我结结巴巴地自报家门，甚至斗胆强调自己出身于一个好人家。我一口气说了很多：父亲是州议会议员，优秀得让人透不过气，我担心自己总有一天要憋死，才从家里逃了出来。校长又沉默了一会儿。我的恐惧攀上了顶点，几乎认定自己上当受骗了。我甚至想到了秘密谋杀，想象自己被一点一点地掐死。这个时候，校长用居高临下的语气问我有没有准备好钱。我做出了肯定的回答。"那交出来吧，快！"他命令道。奇怪的是，我立刻就照他说的做了，尽管我的身体还因为眼前的不幸境遇而颤抖个不停。我已经确信自己落入了强盗和骗子之手，却仍然顺从地交出了学费。现在想来，这些情绪是多么地可笑。钱被夺走了，又只剩下沉默。然后我再次搜刮出了些英雄气概，竟羞怯地索要起收据，然而我得到了如下的回答："像你这样的混蛋不配有收据。"就在我几乎要昏过去时，校长按响了铃。蠢猴子克劳斯立即冲了进来。蠢猴子？噢，完全错了。克劳斯是顶顶可爱的人。只是我在那个时候还没能更好地领会这一点。"这是雅各布，新来的学生。带他去教室。"——校长话音未落，克劳斯就一把抓住我，把我拖到了那位女教师的美丽身影前。一个人在害怕的时候，会表现得多么幼稚傻气啊。没有什么比猜疑和无知造成的失态举止更糟糕的了。就这样，我成了一名寄宿生。

　　我的同学沙赫特是个怪人。他梦想成为一名音乐家。他告诉我，他凭借自己的想象力就能用小提琴拉出美妙的旋律。我看了他的手，就相信了他的话。他喜欢笑，但笑容一过就会突然陷入一种多愁善感的忧郁。这种忧郁在他脸庞和身姿的映衬下，显得非常赏心悦目。沙赫特有一张极度苍白的脸和一双修长纤细的手，它们表征了一种叫不出名目的灵魂上的苦痛。他身形瘦弱，似乎很难安稳地站定或者坐定，常常显出一副坐立不安的样子。他本就像一个多病又固执的女孩子，还总要时不时地闹别扭，那就与一个被过分娇惯的少女没什么两样了。我们两个，我和他，经常躲在我的宿舍里，和衣躺在床上，也不脱鞋，一起吞云吐雾。这显然是违反规定的。沙赫特喜欢做违反规则的事情，坦率地说，我也没比他好多少。我们就这样躺着，你一个我一个地轮流讲故事，有取自生活的故事，也就是我们的亲身经历，但更多是编出来的，情节纯属凭空捏造。每到这个时候，我们周围就会隐约传来各种声响，贴着四壁忽上忽下。狭窄阴暗的小房间开始不断扩大，各种街道、大厅、城市、城堡，以及陌生的人群和风景接连显现，雷声隆隆，风声簌簌，夹杂着窃窃私语和嘤嘤哭泣，如此这般。与沉溺于幻想的沙赫特促膝而谈，是非常惬意的事。他似乎对别人说的任何东西都能心领神会，自己也会不时说出一些意义深远的话。他还常常向人倾吐自己的苦衷，这也是我喜欢跟他聊天的原因之一。我喜欢听人诉苦，这样就可以直视着对方，对他怀有深切、由衷的同情，而沙赫特自身的某些特质就能唤起人内心的同情与怜悯，全然不需要他开口倾吐任何悲伤的话语。细腻敏锐的不足之感，也就是对美好崇高之物的渴望，若是想在谁身上找一个居所，那么它在沙赫特身上就能感到宾至如归。沙赫特是有灵魂的。谁知道呢，也许他天生就是个艺术家。他向我吐露了一个秘密，说自己病了。因为这涉及一种不怎么体面的病痛，他再三请求我为他保守秘密。我让他放心，并用自己的名誉向他保证。然后我就央求他让我看一眼那患病的地方，他却突然恼怒起来，转身面向墙壁，还对我说了句"你真不害臊"。我们两个经常并排躺着，一言不发。有一次我大着胆子把他的手轻轻地拉向自己，他却立刻把手抽走，还呵斥了一句："你在做什么傻事？

快松开。"——沙赫特是喜欢和我来往的，但我只是隐隐约约感觉到这一点，不过在这种事情上，哪有必要说透。我确实十分喜欢他，他让我的整个生活变得充盈起来。当然，这些话我从来没有当面对他讲过。我们总是互相说些傻话，时不时也谈些严肃的话题，但从来都不用那些高深的字眼。冠冕堂皇的词儿多么无聊。啊，就在我与沙赫特的一次次寝室会面中，我终于意识到：我们这些本雅门塔学校的学生经常被迫陷入一种长达半日的莫名其妙的无所事事。我们不是在哪里蹲着、坐着，就是站着、躺着。沙赫特和我常常在房间里点蜡烛寻开心，这是严令禁止的。但正因如此，我们才乐在其中。管它这样规定那样规定：烛火摇曳生姿，神秘莫测。而我同学的脸庞，在微红的小火苗轻柔的映照下，又是怎样一幅动人的画面！我注视着燃烧的蜡烛，感觉自己是个有钱人，仿佛下一刻就有仆人捧着裘皮大衣来到我面前。这纯粹是胡思乱想，但这番胡思乱想生着一张好看的嘴，并且还会微笑。沙赫特的五官实际上略有些粗糙，但覆盖整张脸的苍白把它们变精致了。他的鼻子过大，耳朵也大了些。他的嘴巴也抿得太紧。打量着这样一张脸，有时候我会觉得，这个人将来的命运或许会充满坎坷。我多么喜爱给人留下这种忧郁印象的人。这是兄弟之爱吗？是的，很有可能。

到这儿的第一天，我表现得相当娇气，举手投足完全是一个离不开妈妈的宝贝儿子。他们带我去看了我和其他人共享的房间，也就是说，我和克劳斯、沙赫特、席林斯基，都睡在这个房间里。我即将成为这个同盟中的第四个成员。所有人都在场，我的同学们、冷冷打量着我的校长先生，还有那位小姐。就在这个时候，我一下子扑倒在那个女孩脚边，高声喊起来："不，我绝不会在这个房间里睡觉。在这里我透不过气。我宁愿跑到大街上过夜。"——我一边说，一边紧紧抱住那位年轻小姐的双腿。她看起来很恼怒，命令我立刻站起来。我对她说："除非您向我许诺，给我分配一处与人的尊严相称的地方作为卧室，否则我是不会起来的。求求您，小姐，我恳求您。把我转去另一个地方吧，哪怕是个山洞我都不会介意，只要不在这里。我不能待在这里。我当然不想冒犯我的同学们，如果我这样做伤害到了他们，那我跟他们道歉，但是，和三个人睡在一起，作为加进来的第四个人，还是在这么一间狭小的房间里？那不行。啊呀，小姐。"——那位小姐脸上带着若隐若现的笑意，我注意到了，于是我连忙一边补充，一边更加严丝合缝地贴在她腿上："我会顺从您的，我向您保证。您甚至都不用说出您的命令，我就会抢先遵从。我永远不会让您对我的举止有半分微词。"——本雅门塔小姐问道："你确定吗？你永远都不会让我找到任何可以挑剔的地方是吗？"——"是的，绝对不会，尊贵的小姐。"我回答。她和她的兄长，也就是校长先生，交换了一个意味深长的眼神，然后对我说："先从地板上起来吧。啧啧，看你这副苦苦哀求的样子，还满嘴讨人欢心的话。好了，跟我来吧。我本人并不介意你换去别的什么地方睡。"

她把我带到了我现在住的房间，指着它问我："这个房间你中意吗？"——我大着胆子回答："还是小了一点。我们家里的每扇窗户上都挂着窗帘，阳光透过窗帘照进居室，每个房间都配备着齐全的家具。而这里只有一个窄床架子和一个洗手台。不过请您不要生气，本雅门塔小姐。我很喜欢这个房间，谢谢您。虽然家里更精致、更温馨、更优雅，但这里也很好。请原谅我，我不应该在您面前拿这里和自己家做比较，还说了些天晓得什么样的胡话。我觉得这个房间非常讨人喜欢。虽然墙上开的小窗几乎称不上窗户，整个房间看起来也更像是个老鼠洞或者狗洞之类的地方，但我喜欢它。我说出这样的话，真是不知羞耻、忘恩负义，不是吗？对待我这种人，最好的办法或许就是直接收回这个让我十分满意的房间，并且强迫我和其他人睡在一起。我的同学们肯定都已经被我得罪光了。而您，小姐，一定也在生我的气。我看出来了。这让我非常难过。"——她对我说："你这个蠢孩子，现在请你闭上嘴。"然而她还是露出了微笑。这就是第一天里发生的事，从头到尾都尴尬得要命。一想起当时自己不得体的行为举止，我就脸颊发烫，直到今天仍然很难为情。第一天晚上，我睡得很不安稳。我梦见了那位女教师。至于我独享的这个房间，现如今我会非常乐意与一两个人分享。一个人若老躲着别人，就已经离疯狂不远了。

　　本雅门塔先生是个巨人，站在这个总是面带愠色的巨人面前，我们这些寄宿生就是侏儒。引导和主宰着我们这样一群渺小而无足轻重的男孩，他自然有义务整天保持着阴沉沉的脸色，这样一个微不足道的任务——管理我们，怎么配得上他的力量呢。不，本雅门塔先生本可以成就一番不一样的事业。让他来教育我们，就好比让赫拉克勒斯[1]面对一场小儿科的操练，只会令他昏昏欲睡，确切地说，会让他像现在这样一边盘算着什么一边翻阅报

1　赫拉克勒斯（Herkules）是希腊神话中力大无穷的半神英雄，以完成了十二项伟业而著称。

纸，嘴里还嘟囔着什么。他决定成立这所学校的时候，到底是怎么想的呢？从某种程度上说，他让我感到有些痛心，但这种感觉让我对他多出了几分敬意。话说在我刚来的时候，我想就是到这里的第二天早上，我和他之间爆发了一场虽然草草收场，但也称得上相当激烈的冲突。当时我到办公室去找他，却不知道该张嘴说些什么。"回到外面去。像个正经人那样重新走进来。"他严厉地呵斥道。我退了出去，然后补上了敲门这个被我忘得一干二净的动作。"进来。"办公室里传来一声命令，我便走了进去，然后直挺挺地站在一旁。"鞠躬呢？还有，见到我该说什么?"——我鞠了一躬，用虚弱的语气说："您好，校长先生。"——如今我已经训练有素了，高声喊出"您好，校长先生"对我来说已是轻而易举。但当时我憎恨这样的举止，憎恨这种恭顺、礼貌的态度，因为我对这些东西还没有足够的认识。这些当时在我眼里十分愚钝可笑的行为，现在看起来是那么得体、那么优美。"大声说，小混蛋。"本雅门塔先生喊道。我只得把这声"您好，校长先生"翻来覆去说了五遍。他这才想起来问我，找他做什么。我一下子恼怒起来，滔滔不绝地控诉道："在这里什么也学不到，我不想待在这儿了。请您把钱还给我，拿了钱我就自己滚蛋。这里的老师都到什么地方去了？到底有没有什么计划、什么理念？什么都没有。我要走了。没有人能拦住我，不管是谁，都别想阻止我离开这个阴惨惨雾蒙蒙的地方。再说，我从那么优越的家庭走出来，到了这儿却只能任由您那些荒唐的规定折磨我，把我变成蠢货。您放心，我才不想跑回我父母身边，永远不会，大不了我可以流落街头，把自己当成奴隶卖了。这也没多大坏处。"——就这样，我把憋在肚子里的话全都说了出来。今天再回想一下那样的愚蠢表现，我简直要笑得直不起腰来，然而我当时的态度确实十分严肃。校长仍旧一言不发。我正打算对着他的脸再奉上一句粗鲁的辱骂，他平静地开口了："学费一旦缴付，就不会退回了。至于你的愚蠢想法，认为在这里什么都学不到，那是完全错误的，这里有很多够你学的。先去了解了解你周围的环境。还有你的那些同学，也是值得结交的。去和他们谈谈。我建议你冷静下来。好好冷静冷静。"——他在说"好好冷静冷静"的时候，仿佛沉浸在与我无关的深思之中。他垂着眼睛，好像要让我知道，他说这番话的态度是多么和善、多么温柔。随后，他又明白无误地显出了心不在焉的样子，再次陷入沉默。我该怎么做？本雅门塔先生又埋头读起报纸来了。一场难以捉摸的可怕暴风雨仿佛正在天边蓄势待发。我又深深鞠了一躬，脑袋几乎触到地面，然而我面前这个人的注意力已经完全从我身上转到了别处。我并拢鞋跟，紧绷着身体站在那里，尽可能合乎规矩地说了声"再见，校长先生"，然后转身离开，不，确切地说我没有转身，我的视线始终停留在校长先生的脸上，只是用手摸索着门上的插销，头也不回地退到了门外。一场酝酿中的革命就这样无疾而终了。从此以后，我再也没有像那样犯过傻了。我的天，我已经被打败了。这个人，这个在我眼里有雄心的人，把我彻底打败了，而我一声不吭，连眼睛都没有眨一下，甚至没有感到一丝冒犯。我只是感到痛心，并不是为我自己，而是为了他，为了校长先生。我其实常常会想到他，想到他们两个，他和那位小姐，想象他们是怎样和我们这些男孩一起在这里打发时日的。他们在自己的住处会做些什么呢？他们在忙些什么？他们缺钱吗？本雅门塔兄妹俩到底是富有还是贫穷？这里有几间陈设高雅的"内室"。直到今天我都没有进去过。克劳斯可能去过，他凭借自己的忠诚受到偏爱。但克劳斯不肯透露任何关于校长寓所的情况。每次我向他打听这些，他就只是盯着我看，一个字也不说。噢，克劳斯还真是守口如瓶。如果我是一位老爷，我会立即让克劳斯为我效劳。不过，或许有一天我也会进入那些内室。我的眼前会出现什么样的情景呢？也许并没有什么特别的？噢不，一定很特别，一定是的。我知道，一定有不同凡响的东西藏在这里的某个地方。

　　有一件事是肯定的，那就是这里没有自然的

踪影。也就是说，我所在的地方，完全是一座大城市。在我的家乡，或近或远，到处都能看到好景致。我记得，我总能在大街小巷听到忽上忽下的啾啾鸟鸣。泉水总是在窃窃私语。树木繁茂的山峰巍峨地俯视着洁净的城市。到了傍晚，就有人坐着细长的小船，在附近的湖面上漂漂荡荡。岩壁和森林、丘陵和田野都在几步之遥的地方。空气里交织着各种声响和各种气味。城里的街道都和花园小径一样，显得那么柔和、那么干净。漂亮的白色房子淘气地从绿色的花园里向外张望。花园栅栏另一边的公园里，有你相识的女士正在散步，比如哈格夫人。现在想来其实有些不可思议，这自然，这山峰，这湖，这河，这飞溅起泡沫的瀑布，这片绿色，还有各种歌声和旋律，竟然都近在咫尺。漫步其间，就好像在天空中散步，因为不管走到哪里，映入眼帘的都是蓝天。站定脚步，就可以直接躺下，乘着梦静静地腾空而起，因为脚下不是绿草如茵就是铺满了苔藓。还有冷杉，它们散发出美妙的气味，充满了辛辣的生命力。以后我再也见不到山上的冷杉了吗？不过，这并不意味着不幸。这种求而不得，本身也蕴含着芳香和力量。我那议员父亲的房子虽然不带花园，但围绕着我们的整个环境，就是一座漂亮、干净、甜美的花园。我在怀念家乡吗？这不是我希望的。别瞎想了。这里也很美好。

　　虽然我的脸上还没有长出什么值得刮的东西，但我还是时不时跑到理发店找人刮脸，其实是为了找机会上街闲逛。理发店的学徒问我是不是瑞典人。那么是美国人？也不是。俄国人？那到底是哪里人？对于这些带有民族主义色彩的问题，我喜欢用铁一般的沉默来作答，或者随口撒谎说自己是丹麦人，让这些想打探我爱国情怀的人如坠云里雾里。某些场合下的真诚是会伤人的，还只会让事情变得无趣。有时，繁忙的街道被强烈的阳光照得雪亮，有时，所有东西都被雨水浇透，仿佛蒙上了一层面纱。不论哪种景象我都非常喜欢。人们都很友好，哪怕我常常表现得难以形容地放肆。我经常在中午时分无所事事地坐在长凳上。绿地里的树木完全没有色彩，叶片不自然地挂下来，看起来像铅一样沉重。人会产生一种错觉，似乎这里的一切都是用锡和薄铁皮做的。随后雨水又倾泻而下，把所有东西都打湿了。雨伞一把把撑开，马车车轮轧过柏油路面，行人们匆匆赶路，姑娘们提起了裙子。我看到裙子下面伸出的腿，顿时像回到了家里一样，感受到一种独特的亲切惬意。长筒袜紧紧包裹着它们，鞋子巧妙地贴合着柔美双足的轮廓。这样一条属于淑女的腿，向来是深藏不露的，现在竟毫无预兆地让人大饱眼福。随后，太阳又出来了。微风吹过，唤起了头脑中关于家的记忆。是的，我想到了妈妈。她肯定在流眼泪。为什么我从来不给她写信呢？我不知道该怎么解释，我也无法理解自己，但就是下不了决心动笔。也许是我不想透露自己的近况，我感觉这么做太蠢。可惜，我这样的人就不应该拥有慈爱的父母。我根本不喜欢被爱和被需要。他们应该习惯不再拥有儿子的感觉。

为一个素不相识、与自己毫无瓜葛的人效劳，是一桩很吸引人的事，就好像它能让人一睹天堂里仙气缭绕的景象。而且，归根结底，你和所有人，或者说几乎所有人，多多少少总有点关系。眼下与我擦肩而过的人，就一定跟我有着千丝万缕的联系。当然，那一定都是些个人的私事。我走在大街上，明媚的阳光照耀着，突然间，一只小狗扑到我脚边呜咽起来。我立刻注意到，这只长着四条小细腿的宠物狗被一只口笼绊住了腿脚，跑不起来了。于是我弯下腰，把它从极大的不幸中解救了出来。这时，狗的女主人向我走了过来。她目睹了事情的经过，向我表达了谢意。我匆匆抬了抬自己的帽子，向那位女士致意，随后便转身离开。啊呀，她此刻一定在我身后如此这般地默默感叹：世界上竟还有这样礼貌乖巧的年轻人。好吧，那么泛泛来说，我算是为所有年轻人做了件好事。那位女士的微笑多么迷人。"谢谢你，这位绅士。"啊，她让我成为绅士。没错，如果一个人知道该如何得体地待人接物，那他就是一位绅士。他收到了别人的感谢，就说明他赢得了别人的尊重。我得补充一句，这位女士完全谈不上漂亮。但所有微笑的人都是漂亮的。所有女人都应该得到彬彬有礼的殷勤对待。每个女人都有其迷人之处，我曾经见过洗衣女工迈着女王一般优雅的步伐。多么有趣，噢，真是太有趣了。可阳光如此强烈，我匆匆忙忙地跑开了！——我是要去百货公司。我得找人给自己照张相，本雅门塔先生需要一张我的照片。然后我必须写一份简短而实事求是的自我介绍。这就需要纸张了。所以呢，我还要专程去一趟文具店，这也是我乐意做的事情。

　　我的同学席林斯基有波兰血统。他德语说得疙疙瘩瘩却又悦耳动听。有异国情调的东西总是显得高档一些，我也不知道这是为什么。最让席林斯基得意的事情，是他不知从哪里搞来了一枚带电子打火机的领带别针。他还常常拿蜡梗火柴划着玩，可以说是乐在其中。他的鞋子总是擦得锃亮。你会经常看到他清洗西装、给靴子打蜡，要不然就是用刷子刷帽子，奇怪得很。他还喜欢摸出一面廉价的小镜子左照右照。补充一句，其实我们几乎每个学生都有一面这样的小镜子，但实际上我们对虚荣二字并没有什么概念。席林斯基是个瘦高个儿，有一张相当俊美的脸，以及一头他每天不知疲倦地精心梳理和保养的鬈发。他说他想要一匹小马。他最爱做的美梦就是把自己的小马梳洗干净，然后骑着它出去兜风。上天没有赐予他多少头脑上的天赋，他不具备敏锐的思考能力，也别指望在他身上看到什么细腻的感知能力。但他一点儿也不蠢，说他见识短浅或许更准确些，不过我并不想把这样的词用到我的同学身上。我是他们当中最聪明能干的一个了，但这件事也许根本不值得高兴。如果你像我一样，并不知道该拿自己头脑中的各种主意和念头怎么办，那么这些东西对你来说又有什么用呢？所以呢，好吧。不，不，我只想把事情看得透些，并没有自以为了不起的意思，也永远不会觉得自己比起周围人高出一头。席林斯基在往后的人生里会走运的。女人会对他有所偏爱，这一眼就能看出来，他将来肯定会成为女人们的宠儿。看他脸上和手上的皮肤，白净中微微泛着浅褐色，还透出几分贵气。他的双眼含着几分羞涩，像小鹿一样。真是迷人的眼睛。凭借这样的气质，他完全可以成为一个乡村贵族青年。他的举手投足会让人联想到一处田庄，精致与粗犷、都市情调与乡野气息在那里融汇成一种优雅而醇厚的人性的教化。他常常什么也不干，就喜欢在最热闹的街道上闲逛，我有时会陪他一起，这足以使克劳斯大惊失色，他最憎恨、最鄙视并且最不能放过的就是游手好闲。"你们两个刚刚又出去寻欢作乐了？嗯？"我们回到寝室的时候，他就会用这样的话问候我们。克劳斯这个人，以及他的各种事迹，我肯定还会经常提起。他是我们这些寄宿生中最正直、最能干的一个，而能干和诚实正是两个用之不竭、探索不尽的广阔领域。能看到活生生的善良和正派，嗅到它们的气息，还能有什么比这个更让我兴奋？卑鄙和邪恶的东西其实经不起细细玩味，然而要把正直和高尚的事物看个透彻，却极其困难，同时又如此令人欲罢不能。是的，劣行远远不如美德更让我感兴趣。现在我准备好好讲讲克劳斯这个人，拿起笔却有些不安。我什么时候变得这么扭扭捏捏了？我不想看到自己这副样子。

　　我现在每天都跑去百货公司，询问我的照片是不是快冲印好了。每次我都趁机乘坐电梯上到最高层。我承认我真的乐在其中，这与我其他冒冒失失的行为倒也相称。每次坐电梯，我就会感觉自己是个孩子，和我们那个年代的所有孩子一样。别人也会有这样的感觉吗？那份个人简介我一直没有动笔。提起自己的过去，说出赤裸裸的真相，这让我多少有些不自在。克劳斯看我的眼神一天比一天严厉。这是我应得的待遇。我喜欢看那些可爱的人面露怒色的样子。越是在我心里占有一席之地的人，我越是要给他们留下一个与自己本性不符的错误印象，还有比这更让人畅快的事吗？这么做或许不太公平，但是能显出胆量，所以也没有什么不恰当。只是这一点在我身上多少有些病态。比如说，我想象中最妙不可言的事情，就是在离开人世的时候能意识到这样一个可怕的事实：我已经得罪光了我在世上最珍爱的人，已经在他们的头脑里填满了对我的非议。谁能理解我呢？大概只有那些在跟人作对时能颤抖着从中发掘出美感的人了。为了这么一出恶作剧，这样一桩荒唐事，死得那么悲惨，这值得吗？不，当然不。不过这确实是最冷酷无情的恶作剧了。说到这儿我想起一件事，我觉得有必要说出来，虽然我也不知道为了什么。一个星期前，也可能更早一些，我的口袋里还有十马克。然后呢？现在这十个马克已经不知去向了。有一天，我光顾了一家有女招待的餐厅。我抵挡不了它的吸引力，不由自主地走了进去。一个女孩扑到我面前，硬是让我在一张长沙发上落了座。我已经能隐约猜到，这一番款待会如何收场。我先是拒绝，然而我的拒绝使不上一点劲儿。我觉得这些东西打动不了我，但其实，我又并非无动于衷。我很享受在这个女孩面前扮演居高临下的优雅绅士的感觉。周围没有别人，就我们两个，于是我们埋头干起了最美妙的蠢事。我们喝起了酒。她不断往自助柜台跑，一次次取来新的饮料。她还对着我露出了那迷人的吊袜带，让我用嘴唇轻轻抚摸它们。啊，太可笑了。她几次三番起身添加酒水，忙得不可开交。她只是想尽快从眼前这个傻小子身上大赚一笔。我早就看穿了，但这正是我喜欢的，我乐意被她当成蠢货。我甚至暗地里期待能亲眼看到自己的钱是怎么被偷偷掏走的，这倒是一种不一般的堕落。但这一切着实令人陶醉。我周围的一切都消失了，消失在了诉说甜言蜜语、施与轻柔爱抚的音乐中。这个女孩是个波兰人，身量苗条，轻盈敏捷，罪恶而迷人。我心想："我的十马克就这样没了。"然后我吻了她。她说："告诉我，你是干什么的？你的一举一动就像个贵族。"我贪婪地嗅着她身上散发出的香气，怎么都不满足。她注意到了我的举动，也显出了享受的样子。的确，在这个地方，心醉神迷会赦免轻浮闯下的祸。来到这里却不去感受爱和美，哪个混蛋会做这样的事？我对她撒了谎，说自己是一个在农场里干活的男孩。她说："噢，不，你这表现可不像是那样的人。好了，向我打个招呼吧。"她嬉笑着向我演示起来，一边打趣我，一边把吻落在我的唇上。我也学着她的样儿，做了在这种地方被他们称为"打招呼"的事。一分钟后，我站在夜色中的街道上，耗尽了口袋里的最后一个芬尼。现在我到底是怎么看待这件事的呢？我说不上来。我只知道一件事：我必须再弄点钱。可是我该怎么做？

几乎每天早晨，我和克劳斯之间都会爆发一场压低了声音的唇枪舌剑。克劳斯始终认为他有义务督促我做事。他认定我不喜欢早起，这倒也没有错。不过我其实并不讨厌早起，只是在床上多赖一会儿的感觉过于美妙。不应该做的事情，有时候反而更吸引人，让人忍不住要去尝试。这就是为什么我天生对各种强迫情有独钟，因为它让人对触犯规则充满了期待。如果这个世界上不再充斥着戒律和指标，那我就会无聊到活不下去，就会缺胳膊少腿或者活活饿死。我需要有人督促、逼迫、管束我。这些都是我喜欢的。但最后做决定的还是我自己，我一个人。我要在总是皱着眉头的规则身上点起怒火，然后再花力气平息它。克劳斯就是本雅门塔学校所有规章制度的代言人，所有同学里最优秀的一个，所以我才坚持不懈地向他发起挑战。我非常喜欢吵架。要是总憋着不吵架，我会生病的。想找人斗嘴或者想招惹谁的时候，克劳斯就是最合适的人选。他总是占理："你现在可以起来了吗？你这个家伙懒得像块抹布！"——而我总是理亏："好的，好的，你耐心点。我来了。"——谁不占理，谁反而更加放肆，把占理的人逼到忍耐的极限。占理的人容易动气，而理亏的人倒是堂而皇之地保持傲慢而轻浮的沉着。满腔热忱、心怀好意的人（也就是克劳斯），面对那个不把那份善意和助益放在心上的人（也就是我），总会败下阵来。我志在必得，因为我还躺在床上，而克劳斯气得发抖，因为他只能反复把门板敲得砰砰响，却没什么效果："快起来，雅各布。你怎么还不动，上帝啊，真是把懒骨头。"——这样一个容易恼火的人，哎呀，最能引起我的好感。克劳斯动不动就会怒气冲冲。这多么美好，多么幽默，多么高尚。我们俩在一起非常相配。愤慨的人面前就得站一个有过错的人，否则就少了点什么。我终于从床上爬了起来，然后假装无所事事地站在一旁。"这个人这会儿还站在那儿干看着，这个蠢蛋，还不赶紧动手干起来。"他又说道。这样的场景多么精彩。在我听来，他这样苦大仇深地嘟嘟囔囔，要比周日美好晨光下在林间闪闪发光的潺潺溪水更加动人。人啊人，只有人！是的，我强烈地感受到：比起自然，我更爱人。对我来说，他们做的蠢事和动辄发作的神经质，比最壮丽的自然奇观还要迷人和珍贵。——我们这些寄宿生必须一大早赶在先生、小姐起床前把教室和办公室收拾干净。两人一组，轮流劳动。所以我总能听到克劳斯的催促："起床。你打算起来了吗"，或是"别在那儿享受了"，或是"起来，起来。到时间了，你早该把扫帚握在手里了"。太有趣了！

克劳斯，永远气鼓鼓的克劳斯，在我眼里是多么可爱。

我得再一次回到刚开始的时候，回到第一天，那时我还不认识沙赫特和席林斯基。他们俩一到下课时间就冲进了厨房，然后托着盛满早餐的盘子回到教室里。他们也给我带了吃的，把食物直接端到了我面前，可我一点胃口都没有，什么都不想碰。"你必须吃。"沙赫特对我说。紧接着，克劳斯补充道："你必须把盘子里的所有东西吃干净。听明白了吗?"——我现在还记得，这几句教训人的套话引起了我多大的反感。我吃了几口，满心厌恶，把大部分食物剩在了盘子里。克劳斯拨开人群，走到我身旁，威仪十足地拍了拍我的肩膀，说道："你是新来的，你得知道，这里的规矩就是，有东西给你吃，你就得吃。你很傲慢，不过只要静下心来，你的傲气就会消散。街上能随随便便捡到抹了黄油和夹了香肠的面包吗? 不能，对吧? 少安毋躁，静静地等一会儿，也许不久之后你就胃口大开了。不管怎么说，你得把自己面前的这堆东西全都吃掉。本雅门塔学校不能容忍剩着食物的餐盘。继续，吃吧。快点。你在犹豫，是因为你有太多顾忌，有太多讲究。相信我，你很快就不会再去想什么精致考究了。你说你没有胃口？但我建议你最好还是有。你的骄傲让你失去了胃口，这就是原因。拿来吧。这次我帮你吃干净，尽管这肯定是违反规定的。好了，看见了吗？知道该怎么把这些吃完了吗？这些？还有这些？这就是一门技艺，我可以告诉你。"——这一切在我看来是多么地尴尬。这些在我面前吞咽食物的男孩让我产生了强烈的反感。那么今天呢？今天我和这些寄宿生里的任何一个没什么两样，每餐都会把食物吃得干干净净。我甚至对每一顿精心准备的粗茶淡饭都十分期待，我这辈子也不会再产生要鄙弃它们的想法了。是的，一开始我很自负，很傲慢，动不动就觉得自己受到了这样那样我自己也不知道什么样的冒犯，被别人以各种我自己也说不清的方式侮辱、贬低。而且周围的一切对我来说都是新的，所以看起来充满了敌意，再说，当时的我也确实是个十足的笨蛋。时至今日我仍然很愚笨，但毕竟换了一种更优雅、更友好的方式。而方式方法决定了一切。不管一个人有多愚蠢和无知，只要他知道该顺应什么、倚仗什么、参与什么，他就不会落于人后，倒是可能比脑袋聪明、知识渊博的人更好地开辟自己的人生道路。就在于方式方法，没错，没错。——

　　在来这儿之前，克劳斯已经饱尝了生活的艰辛。他跟着当船夫的父亲，在沉甸甸的煤炭船上讨生活，沿着易北河上上下下。他不得不干些非常繁重的活儿，直到有一天病倒了。现在他一心想当个仆人，成为一个真正的仆人，侍奉一位主人，而他身上的那些良善品性，也证明了他天生就该从事这份职业。他会成为一个出类拔萃的仆人，从外表看他就十分适合这份专注于恭顺与迎合的职业，不仅如此，我的这位同学啊，他的灵魂，他的全部天性，他整个人的本质，都包含着最恰如其分的奴仆秉性。听候差遣！克劳斯要是能找到一位体面的主人就好了，我真心希望他能够如愿以偿。毕竟有些老爷、主人，总而言之，那些支使别人的人，对无可挑剔的服务没有什么偏好，或者说根本不以为意，他们并不懂得如何接受别人尽心尽责的服务。而克劳斯是有贵族风范的，他绝对配得上一位伯爵，或者其他极其尊贵的主人。克劳斯这样的人，怎么可能像普通的雇农或工人一样干活呢？他是可以代表主人抛头露面的。他的脸天生就适合用来勾画某种语气、某种风度，他的态度和举止足以令买下他劳动力的人感到自豪。克劳斯有一天会把自己赁给某个人——赁出去？是的，他们用的就是这个词。这就是他所期待的，这就是他如此热心地往他那慢腾腾的脑子里塞法语单词的原因。不过有件事让他很苦恼。他在剃头的地方——这是他自己的说法，染上了一个相当丑陋的醒目标记，一片几乎连成花环的小红花，说白了就是小红点，再直接一点，不留情面地说，就是小脓包。好吧，这确实很糟糕，尤其是考虑到他要去投奔一位精致体面的主人。该怎么办呢？可怜的克劳斯！拿我自己来说，那些把他变得更丑的红点倒是丝毫不妨碍我去亲吻他的脸，如果有这个必要的话。我没开玩笑，真的没有，因为我已经对那些东西视而不见了，我的眼睛完全看不出克劳斯有什么地方不美。我在他脸上看到了他美丽的灵魂，这才是值得珍爱的。然而未来的老爷和主人会有不同的想法，所以克劳斯每天都往那些让他破相的丑陋疮口上抹药膏。他常常照镜子也是为了观察伤口愈合的进展，并不是出于空洞的虚荣心。他的脸上要是没有这些瑕疵，他根本就不会想到照镜子，因为我们脚下的大地就从来没有孕育出比他更不讲虚荣、更不会自吹自擂的生命了。本雅门塔先生对克劳斯也很感兴趣，他经常打发人来询问，他的烦心事是否如他所愿地解决了。克劳斯很快就会步入生活，走马上任。他总有一天要离开学校，我害怕那一刻的到来。好在那一天不会来得太快。他那张脸，我相信，还需要很长的时间来医治，我真心不愿看到他为此烦恼，却又暗暗感到庆幸。如果他离开了，我会非常想念他的。他不久就要去投奔一个主人，一个不见得懂得欣赏他优秀品质的主人，而我不久也将被迫割舍一个自己非常喜爱的人，还是在他并不知情的情况下。

　　这一行行的字，大多诞生在夜里。我倚着灯光，趴在大课桌上，奋笔疾书。我们这些寄宿生常常困坐在这张大桌子前，要么闷闷的什么都不想，要么瞎琢磨些什么。克劳斯也有抑制不住好奇心的时候，他会从背后偷看我写的东西。有一次我忍不住批评他："我说克劳斯，请告诉我，你从什么时候开始管起别人的闲事了？"——他立刻就恼了，所有怀揣着好奇心在秘密小道上偷偷摸摸，然后被抓了现行的人都是这副样子。有时候我会一个人无所事事地坐在公共花园的长凳上，直到深夜。路灯都点亮了，刺眼的灯光像炽热的液体一样从树叶和树干的缝隙间倾泻下来。所有东西都在发烫，包藏着各种异样的隐秘。散步的人来来往往。遮掩着的公园小径上传来窃窃私语。这个时候回到学校，门肯定已经上了锁。我轻轻喊一声"沙赫特"，我的同伴就会按照先前的约定，把钥匙从楼上扔进院子里。接着我就踮着脚尖悄悄溜回房间，因为长时间离开学校是不允许的。我一躺倒在床上，便开始做梦。我经常梦见可怕的事情。比如有一天晚上，我梦见自己一拳打在了妈妈的脸上，我亲爱的妈妈，身在远方的妈妈。我大叫起来，猛然清醒。我在梦里捏造了如此可憎的举动，巨大的痛苦把我逐出了床铺。那令人敬畏的秀发被我抓在手里，神圣的母亲被我拽倒在地。噢，不能再想象这样的情景。眼泪像锋利的光束，从慈母的双眼中迸发而出。恸哭是如何割开、扯破她的嘴，痛苦如何把她彻底浸没，她的脖颈又是如何向后倒去，我都记得清清楚楚。可这样的画面为什么要在我眼前重现？那篇自我介绍不能再拖了，明天非写不可，不然等着我的很有可能是一顿臭骂。晚上九点左右，我们这些男孩总会齐声唱一首短小的晚安歌曲。我们在门前围成一个半圆，那扇门的背后就是神秘的内室。然后门就打开了，本雅门塔小姐出现在里面，她罩在一条雪白的长袍里，布料顺滑地垂挂在她身上。她说"晚安，孩子们"，随后命令我们躺下睡觉，告诫我们保持安静。克劳斯负责熄灭教室的灯，从灯灭的一刻起，我们就再也不允许发出任何细微的声音。每个人都必须踮起脚尖、悄无声息地走到自己床边。一切都显得那么不可思议。本雅门塔兄妹的卧室在哪里呢？本雅门塔小姐向我们道晚安时，就像一个天使。我是多么地崇拜她。而校长先生从来不会在晚上现身。我不知道这称不称得上奇怪，但至少是十分引人注意的了。

　　从前的本雅门塔学校似乎名声更好一些，学生也更多一些。在我们教室的某面墙上，挂着一张大照片，从上面能看到早些年入校的许多学生的模样。除去这张照片，教室里就尽是些单调乏味的东西了。一张长方形大桌、十到十二把椅子、一个大壁橱、一张小边桌、一个较小的壁橱、一只旧旅行箱，还有一些微不足道的杂物，此外就没有别的摆设了。教室有一扇门，通向内室那个没人见识过的隐秘世界，门的上方挂着一柄看上去毫无趣味可言的警用佩剑，交叉着架在上面的是同样乏味的剑鞘，最上头放着一顶头盔。这组装饰就像是一种图示，或是一张小巧的证明，把此处约束着我们的规定浓缩地展示了出来。要我说，这些像是从老旧货商那里淘来的装饰品，就算是送给我，我也不想收。每隔两个礼拜，佩剑和头盔就会被人取下来清洁，不得不说，这是一件令人愉快的活儿，尽管也够愚蠢。除了这组装饰品，教室里还挂着已经作古的皇帝夫妇的相片。老皇帝看起来出奇地温和，皇后则像是一位朴实无华的母亲。我们这些学生还经常用肥皂和热水擦洗教室，让每样东西都干净得锃亮、喷香。一切都得我们自己干，为了干这些清扫女仆的活儿，每个人还都系上了一条围裙，这种女里女气的装扮让所有人无一例外地显得相当滑稽。不过这也让我们的扫除日变得有趣了许多。大家兴高采烈地把地板拖得一尘不染，各种物品，包括厨房里的东西，全都被擦得能照见人影——反正我们这儿抹布和清洁粉管够。我们用水冲洗桌子和椅子，擦亮门把手，朝窗玻璃哈气，除掉上面的每一块污渍，每个人都有自己的小任务，每个人都贡献一份力气。在这样扫除、擦洗、浣洗的日子里，我们就像是传说中的神奇小矮人。谁没听过这样的故事呢？他们纯粹出于凡人理解不了的好心肠，揽下了所有粗活累活。而我们寄宿生做这些事，只是因为我们必须做，为什么必须做，却没有一个人知道。我们只是服从，不去思考这种不假思索的服从有朝一日会带来什么，我们只是完成任务，不去考虑完成这些工作是否公正合理。有一次，在这样一个大扫除的日子里，特雷马拉，我的一个同学，所有人里年纪最大的一个，怀着些胡作非为的下流心思向我走来。他不动声色地站在我身后，伸出一只卑鄙的手（做出那种事的手就是粗鲁和卑鄙的），朝我的私密器官抓去，企图向我表达一种令人恶心的亲热，就和去挠一只畜生差不多。我猛地转身，把这个无耻的家伙打倒在地。平时我根本使不出那么大的力气，特雷马拉要比我强壮得多。但是愤怒赋予了我不可抗拒的力量。特雷马拉从地上爬起来，立刻向我扑来。这时门被推开了，本雅门塔先生出现在门口。"雅各布，浑蛋！"他喊道，"过来！"我走到校长面前，他甚至没问是谁挑起的争吵，就直接在我头上打了一巴掌，然后扭头走开了。我想追上去，冲他咆哮他是多么不公平，但我控制住了自己，强迫自己镇定下来，然后扫了一眼身边的男孩们，重新拾起了自己的活儿。从那以后，我就再也没有和特雷马拉说过一句话，他也总是躲着我，他自己知道是为什么。至于他是否心怀歉意或者有类似的想法，我根本就不在乎。这桩粗俗的事情早就已经，怎么说呢，被我忘得一干二净了。特雷马拉以前一直待在海船上。他跟人学坏了，好像还对自己身上那些可耻的习气沾沾自喜。再说他完全没有受过教育，所以我对他毫无兴趣。油腔滑调又难以置信地愚蠢，一点意思也没有。不过这个特雷马拉教会了我一件事，那就是你得时刻小心提防着各种可能的攻击和侮辱。

　　我经常跑出去，溜到大街上，这时我会感觉自己生活在一个混乱嘈杂的童话故事里。到处是推推搡搡，充耳是沸沸扬扬。叫嚷声、脚步声、车轮的隆隆声、发动机的嗡嗡声，好不热闹。所有东西都紧紧地挤成一团。小孩、姑娘、男人、优雅妇人，几乎都擦着汽车轮子走过。上了年纪满头白发的、缺胳膊少腿的、脑袋上绑绷带的，都在人群里时隐时现。行人和车马不断汇成新的行列。有轨电车的车厢看起来像是塞满了小雕像的盒子。公共汽车像蹒跚而过的大个头甲虫。还有一些车像是移动的观光塔，人们坐在高耸的座位上，朝着路面上走着、跳着、跑着的行人冲去，仿佛要从他们头顶上驶过。人群中推推挤挤地不断涌入新的成员，来来往往，此消彼长。马蹄踏过地面。绅士淑女们的敞篷马车飞驰而过，装饰着羽毛的华丽礼帽跟着一颠一颠。这里集中了整个欧洲的各式人类样本。高雅的、正派的与低贱的、卑劣的并肩而行，人们行色匆匆，去而复返，一批取代了另一批，你不知道他们到哪里去，也不知道他们从哪里来。有时候你又觉得可以猜出一点端倪，兴高采烈地为猜谜费了不少脑筋。太阳仍然向地上的一切播撒着光辉，点亮这个人的鼻头，又照耀那个人的脚尖。裙摆上的蕾丝也闪着光，看得人有些恍惚。小狗们趴在优雅老妇人的膝头，坐着车兜风。被挤成各种形状的胸脯，束在衣裙里的妇人们的胸脯，眼看就要跟人迎头相撞。还有一支支蠢兮兮的雪茄，叼在男人们抿成一条缝的嘴里。人们出没在各种出其不意的道路上，看不见的新的区域同样挤满了人。傍晚六点到八点之间，人群最为密集，也最风度翩翩。社交名流都选择在这个时候漫步街头。置身这股洪流，这股色彩斑斓、永无尽头的人流之中，一个人究竟算是什么呢？有时，这一张张涌动着的脸庞在夕阳余晖的温柔抚摸下微微泛红。要是天色发灰、雨水迷蒙呢？所有这些身影，连同我在内，就会像梦中的影像一样，在浑浊的罗纱下匆匆赶路，寻找着什么，又似乎永远与美的东西、对的东西擦肩而过。这里的每个人都在寻觅，每个人都渴望巨大的财富和丰饶的物质。他们步伐焦躁。不，他们都克制着自己，但急切、渴望、痛苦和不安在充满欲望的眼睛里闪着光。雨水过后，一切又沐浴在炎热的正午阳光下。所有东西都昏昏欲睡，汽车、马匹、自行车以及噪声。人们茫然地睁着眼睛。行将倾颓的高大房屋似乎正在做梦。姑娘们匆匆跑过，手里提着包裹，看得人想冲上去献殷勤。等我回到寝室，克劳斯已经坐在那里等着嘲笑我了。我对他说，人总得去稍微了解一下这个世界。"了解这个世界？"他重复了一遍，仿佛陷入了沉思。随后他轻蔑地笑了笑。

在我进入学校大约十四天后，汉斯的身影出现在了我们的教室里。汉斯是正派的农家男孩，就好像直接从格林童话里跑出来的。来自梅克伦堡腹地的他，身上的气味会让人想起野花遍地的繁茂草场、牛棚，还有农舍。他是个瘦高个儿，线条生硬，骨节粗大，操着一口古里古怪的德语，好心肠的庄稼人的语言。我其实挺喜欢他说的这口德语，前提是我得费点力气堵住自己的鼻孔。这倒不是因为汉斯身上有令人不悦的气味，只是把人身上某些灵敏的鼻子关闭而已，比如精神的鼻子、文化的鼻子、灵魂的鼻子，完全不是有意的，更没有冒犯汉斯的意思。而他也根本不会注意到这些，无论是去看、去听，还是去感觉，这个来自田间地头的男孩用的都是一种太健康太质朴的方式。当你凝视这个男孩，并沉浸其中时，扑面而来的便是大地本身，连同布满地表的沟壑与曲线。但你没有必要去多么深入地了解他，因为汉斯引发不了任何深邃的思考。倒不是说我对他不屑一顾，完全不是，只是，怎么说呢，他显得有些远，有些轻。谁提起他都是轻描淡写的态度，因为他身上没有什么让人多愁善感的东西，也就不存在丝毫叫人难以承受的东西。格林童话里的农家男孩。出自古老的传统，让人心情愉悦，只需匆匆一瞥你就看透了他的简单明了和必不可少。有什么理由不和这样的小家伙成为好伙伴呢？汉斯会在以后的生活中辛勤地工作，不会让你听到一声抱怨和叹息。他几乎察觉不到劳苦、忧虑和不幸。他浑身充满了力量，没有一处不健康。再说他也并不丑陋。总而言之，我从任何人身上、从任何东西里都要找出些微不足道的美妙之处，这让我自己也觉得好笑。我喜欢这里的所有人，这些寄宿生，我的同学们。

我生来就是个适合大城市生活的人吗？很有可能。我从来不让自己显出目瞪口呆或者一惊一乍的样子。哪怕遇到什么激动人心的事情，我身上都能保留一些说不清道不明的冷静。我用六天时间从身上褪下了外省人的作风。我毕竟是在一座有国际化氛围的城市里长大的，尽管这座城市非常非常小。随着我吮吸的每一口母乳，城市的秉性和城里人的感知被吸收进了我的身体。从小我就看惯了喝醉酒的工人大喊大叫，跌跌撞撞地到处走动。那个时候，在我眼里大自然已经是一种远在天边的东西了。缺了自然我也可以过活。缺了上帝，不也一样得过活吗？相信一团雾气的背后藏着美好、纯净、崇高，凭着一腔似乎完全冷静而模糊的热情，不声不响地去崇拜它们，向它们祈祷，这是我早就习以为常的事。小时候，我曾看到过一个讲罗曼语的工人倒在墙根的血泊中，身上被刺了很多刀。还有一次，那是在拉瓦绍尔[1]活跃的年代，男孩们之间议论纷纷，都说炸弹很快也会落到我们头上，这样的事不少，但都属于过去的时代了。我现在要来说点完全不同的东西，我们的同学彼得，长条儿彼得。这个瘦高个儿男孩非常滑稽，他来自波希米亚的特普利茨，会说斯拉夫语和德语。他父亲是一名警察，他本人在制绳厂里当过学徒，学过做生意。他总是摆出一副无知、无能又无用的样子，在我眼里倒是显得挺可爱。他告诉我，用得着的话，他还会说匈牙利语和波兰语。然而这里没有人会要求他这

1　拉瓦绍尔（Ravachol，1859—1892），因实施恐怖行动而闻名的法国无政府主义者，19 世纪 80 年代起参加无政府主义运动，1892 年制造了数起针对法官的爆炸案。

样做。多么广泛的语言知识！但毫无疑问，彼得是我们这些学徒生里最愚蠢、最笨拙的一个，不过在我看来——当然我怎么看并不重要，这一点恰是他的荣誉，证明了他的价值，为他戴上了桂冠，因为愚笨的人特别讨我喜欢。我讨厌那种仿佛闪耀着知识和才智的光辉的人，对什么都刨根问底，还喜欢吹嘘卖弄。在我眼里，机灵滑头的人和精明圆滑的人简直说不出的可怕。所以从这方面看，彼得是多么地招人爱。他那么瘦长，眼看着要从中间断成两截，这就很有意思，但更有意思的还有那副时刻对着他循循善诱的好心肠，让他坚信自己是位骑士，有一副高贵优雅的浪荡子模样。这实在太好笑了。他总是谈起亲历的各种奇遇、艳遇，但很可能他从未经历过。不过有一点是真的，彼得有一根世界上最精致小巧的散步用的手杖。于是他就三天两头出门，挎着手杖在最繁忙的街道上闲逛。我在 F 大街见过他一次。这条街正是大都会繁华生活最引人入胜的聚焦点。隔得老远，他就对着我摆手点头，还举起那根手杖挥了两下。等我走到他跟前，他便像父亲一样关切地看着我，好像要说："怎么，你也在这里？雅各布啊雅各布，这还不是你该来的地方"。——到了告别的时候，他那派头就跟世上的任何一个大人物一样，比如一位不想再把宝贵的时间浪费在寒暄上的世界知名报纸主编。我看着他那顶冒傻气的漂亮小圆帽消失在了其他脑袋和帽子中间，目送他消失在人群之中。彼得常常用相当幽默的方式告诉别人，学习对他来说十分必要，但他根本就什么都不学，他进入本雅门塔学校，仿佛是为了来彰显他那滑稽可笑的愚蠢。也许他在这里还真比过去实实在在地又蠢了不少，谁说他身上的傻气就不能得到更充分的发挥呢？比如我就相信彼得会在生活中获得惊人的成功，说来也怪，我由衷地希望他能做到。是的，还不止这样。我甚至有一种感觉，一种令人欣慰、让人心里微微发痒的愉悦感觉：有一天，我会找到一个像彼得这样的老爷、主人或上司，因为像他这样的蠢人生来就等着晋级、高升、享受好生活、给人下命令，而像我这样在某种意义上聪明能干的人，则应该让自己的内心冲动在为他人服务的过程中燃烧而后耗尽。我，总有一天会成为非常卑微的角色。我能够预感到这一点，这在我看来几乎就是已经注定、无懈可击的事实。我的老天，尽管如此，我一点儿都不缺活下去的勇气吗？我以后会怎么样？我常常有一点害怕自己，不过这种感觉转眼就会消失。不，不是这样，我相信自己。这简直有些滑稽，不是吗？

说到我的同学富克斯，我只有一句评价：富克斯歪头斜脑、歪瓜裂枣。他说起话来就好像一个翻不过去的跟头，举手投足就好像一大堆风马牛不相及的东西被捏成了人样儿。他身上没有一处能引起人的好感，所以根本不值得放在心上。花心思去了解富克斯就是滥用精力，是粗俗、碍事、纯属多余的。认识了这样的混账也只会鄙视他，或许你连鄙夷也不愿施舍半分，那么最好就是忘记或者忽视这种玩意儿。玩意儿，是的，他就是这样一个玩意儿。噢，上帝，今天非得让我说出这些恶毒的话吗？我几乎要为此而讨厌自己了。就此打住，说些更美好的东西吧。——我很少见到本雅门塔先生。有几回我直接走进他的办公室，先深鞠一躬，问候"白天好，校长先生"，然后便向那位仿佛掌握着生杀大权的先生提出请求，想征得他的同意出门去。"你的简介写好了吗？嗯？"他问我。我回答："还没有。不过我会写的。"听到这句话，本雅门塔先生直接朝我走了过来，在我的鼻子前面挥动起硕大的拳头。"我相信你会按时交的，小子，否则，你自己清楚会发生什么。"——我听明白了他的话，再次鞠躬，然后赶紧消失。不过奇怪的是，把这些惯于使用暴力的人惹得怒火中烧，对我来说竟然是这么一大乐事。难道我其实渴望着本雅门塔先生的责罚吗？我身上蠢蠢欲动着轻浮的天性吗？一切都是有可能的，即便是最下流无耻、最有失体面的东西。好吧，我会尽快去写我的简介。本雅门塔先生在我眼里很是英俊。瞧那气派的棕色胡须——什么？说了半天就是气派的棕色胡须？我可真是个傻瓜。不不，校长的外貌并没有什么称得上英俊或特别气派的特征，但你能觉察到，这个人的背后隐隐浮现出坎坷的命运道路和沉重的命运打击，正是这种彰显着人性，同时又沐浴在神圣光辉中的东西，让他看起来如此吸引人。真实的人，或者说真实的男人，有什么看得见的美可言呢？胡须气派的男子可能只是位歌剧演员，也可能是个收入颇丰的百货公司部门主管。徒有其表的假人倒总是很漂亮。当然啦，例外还是可能有的，比如那种透着干练精明的男性美，也不是不可能存在。本雅门塔先生的脸和手（他的拳头我已经领教过了），会让人联想起多节的树根，在某个悲惨的时刻，它们不得不经受住斧头的无情劈砍。如果我是一位高贵而睿智的女士，我肯定懂得赞赏这样的男人，就比如眼前这位看似一文不名的校长。不过我怀疑本雅门塔先生与外面的世界并无来往。他其实总是坐在家里，显然是把自己困在了一种隐居的状态里。他一头钻进"他的孤独"躲藏了起来，也就是说，这个高贵而聪明的人在令人毛骨悚然的孤独中打发着时日。一定有几件不同寻常的事在这个人的个性上留下了极其深刻的，甚至是毁灭性的印迹，但究竟是什么呢？而我只是本雅门塔学校的一个学生，我能知道什么呢？不过我始终没有放弃一探究竟的想法。我常常走进办公室，对着那个人问出一连串诸如"我可以出去吗，校长先生"的愚蠢问题，不为别的，只为了解他的过去。我得承认，这个人引起了我的兴趣，他深深地吸引了我。当然，我对那位女教师也非常感兴趣。是的，这就是为什么，我总想着激怒校长先生，好让他不假思索地说出些不审慎的话，这样我就能从整个谜团中理出几缕头绪了。就算因此被他揍几拳，又有什么要紧的呢？这种对体验的渴望，已经成了一股专横的激情，它在我心里横冲直撞，鼓动我去诱使这个奇特的男人在我面前吐露心声。与此相比，他的抵触给我造成的痛苦，实在是太微不足道了。噢，我幻想着——太美妙了，太美妙了——有朝一日能突然博得这个人完全的信任。好吧，这是急不来的，但我相信，我相信终有一天我能设法破解本雅门塔学校的全部秘密。秘密往往预示着让人无法抵挡的更大的诱惑，无法言说的美妙之物在秘密的芬芳中若隐若现。谁能知道，谁能知道。唉——

　　我热爱大城市的喧闹和永不停歇的律动。流动不息的东西，能催人向善。比方说一个小偷，当他看到眼前这些生机勃勃的人，就会不由自主地反省，自己是一个多么可恶的浑蛋，也就是说，那欢快又活跃的景象往他败坏的、朽木般的本性里注入了转机。又比如喜爱吹牛的人，一旦目睹了各种势力如何在这里大显身手，可能就会变得谦虚和审慎起来。而粗野无礼的人，在见识过了各种人的八面玲珑之后，或许就会承认自己是个糟糕的无赖，如此愚蠢又自负地端坐在自负和狂妄之上。大城市养育人、教化人，不用书本里干巴巴的定理，而是通过活生生的例子。这里没有学究气的东西，这点很吸引人，因为那越垒越高的知识之威望只会让人泄气。这里的很多东西都能鼓舞人，能托人一把，助人一臂之力。这很难说清楚。要把这些美妙之处活灵活现地描述出来，实在不是容易的事。在这里过着俭朴生活的人，也会心存感激，尤其是当他们感受到生活的催赶，当他们身处日常的匆忙之中时。眼看着时间白白流逝的人是不会明白的，他们生来就是愚蠢的忘恩负义之徒。城市里每个靠跑腿挣钱的男孩都懂得时间的宝贵，每个卖报纸的人也都不肯浪费一时半刻。然后还有那些如梦似幻、充满诗意的时刻！人们行色匆匆，不断与你擦肩而过。你看，这不是毫无意义的，它振奋人心，它能让你的头脑更有活力地运转。一旦你踌躇不前，就有成百上千个人、成百上千桩事在你的脑海中掠过，从你的眼前闪过，它们直白地告诉你，你是一个游手好闲的人，一个办事拖沓的懒人。这里的人们生活在匆忙的节奏中，因为他们每时每刻都想着要赢得些什么、抓住些什么，并以此为乐。这里的生活有着更加迷人的气息。伤口和痛苦在这里变得更深，喜悦也在这里发出更热烈、更长久的欢呼，因为这里的快乐，是人们辛辛苦苦、本本分分凭着工作与劳碌挣来的。还有那些花园，它们安静地、孤零零地躺在纤细的栅栏后面，就像英式花园里的秘密角落。为生计奔忙的车马人流离花园也就一步之遥，却被笼罩在喧嚣和轰鸣之中，仿佛生活中从来不存在风景或梦幻。更远处，火车轰鸣着驶过颤抖的大桥。夜幕降临，童话般丰富精美的橱窗亮起灯来。这工业化的富足诱人地展示在众目睽睽之下，人群像水流、像巨蛇、像波涛一样，从旁边掠过。是的，这一切在我看来美好又伟大。当你置身这片旋转的水流和翻滚的气泡之中，你便有所收获。当你一鼓作气，灵巧而顺畅地穿越这片涌动着的混合之物，美妙的感觉就会从你的双腿、双臂和胸口轻拂而过。每天清晨，万事万物在新的生命中复苏，到了晚上，前所未有的新奇梦境伸出双臂，又把它们紧紧搂在怀里。这一切是那么富有诗意。要是本雅门塔小姐读到我写的这些文字，她一定会严厉地责备我。克劳斯更不用提了，他不会有兴趣去体会乡村和城市之间的区别。克劳斯第一眼看到的是人，其次是职责，最多还能想到他存下来打算寄给母亲的积蓄。克劳斯总是往家里写信。他接受的是最质朴、纯粹的关于人本身的教育。面对大城市的喧嚣，连同它所有愚蠢的五光十色的利诱，他心里没有一丝热情。多么正直、温柔、坚定的人类灵魂。

　　我的照片终于洗出来了。在这张拍得十分成功的照片里，我的目光炯炯有神，仿佛能穿透这个世界。克劳斯有意惹我生气，说我看起来像个犹太人。他倒是终于露出了一点笑颜。"克劳斯，"我说，"别忘了，犹太人也是人。"我们于是围绕着犹太人的价值和危害吵个不停，聊得酣畅淋漓，我倒是没料到他有那么多高明的见解。他说："所有的钱都在犹太人手里。"我点点头，对此表示赞同，然后说道："首先得有钱，才能成为犹太人。贫穷的犹太人就不是犹太人了，而富有的基督徒，啐，他们才是最恶劣的犹太人。"克劳斯点了点头。好不容易，我终于博得了这个人的赞许。但他马上又拉下了脸，非常严肃地说道："不要总是乱嚼舌根。犹太人怎么了？基督徒怎么了？没有这回事。哪里都有放肆的人和规矩的人。仅此而已。雅各布，你怎么想呢？你属于哪一种？"——我们就这样聊了很长时间。噢，克劳斯喜欢跟我说话，我知道。他有着善良而正派的灵魂，他只是不愿意承认。我多么喜爱不愿坦白自己真实想法的人。克劳斯有着可贵的性格，你能清楚地感觉到这一点。——那份个人简介我还是写出来了，但立刻又被我撕碎了。本雅门塔小姐昨天提醒过我，要我更加专心更加听话。我的脑子里有许多关于服从和专注的美好设想，然而奇怪的是，它们不肯在我身上多停留片刻。我在自己的想象中是个有良好品行的人，可是到了真正发挥这些美德的时候呢？会怎么样？你就会发觉，那完全是另一回事，你就使唤不动自己了，你就变得不情不愿了。而且我也不够殷勤。尽管我非常崇尚骑士风度和周到的礼数，可一到需要抢先冲到老师前面，恭恭敬敬地为她打开房门的关键时刻，谁是那个留在餐桌旁一动不动的笨蛋？谁又像旋风一样一跃而起，尽显殷勤体贴？噢，是克劳斯。克劳斯完完全全就是一个骑士。实际上他属于中世纪，没有生活在十二世纪真是生不逢时，简直太可惜了。他就是忠诚本身，就是奉献本身，是低调而忘我的顺从本身。他不对女士评头论足，他只是膜拜她们。谁为那位小姐从地上捡起掉落的东西，像松鼠一样双手捧到她面前？谁一接到差事就夺门而出？谁跟在老师身后为她提着购物的包袋？谁不需要吩咐就去擦洗楼梯和厨房？谁默默做了这一切却不求感谢？谁表现得如此优秀，又如此自得其乐？这个人姓甚名谁？噢，答案早已在我心中。有时我真想揍这个克劳斯一顿揍。但像他这样的人，怎么可能动手打人呢？克劳斯一心只想着怎么做得对、做得好。这绝不是夸张。他从来没有恶意。他眼里的善意纯粹得吓人。这个人，在这个以空话、谎言、虚荣为根基为目的的世界上，到底想要什么呢？看着克劳斯，你就会不由自主地感叹，这个世界已经不可挽回地失去了谦逊和质朴。

　　为了买香烟，我把自己的手表卖了。少了手

表我可以过活，少了香烟却不行，这听起来有些丢人，但我也没有别的办法。我得想办法弄点钱，否则我很快连干净的换洗衣物都不够了。洁白的衬衫领子是我的必需品。这些东西虽然决定不了一个人的幸福，可一个人是否感到幸福，也与此脱不了干系。幸福？谈不上。但人总得保持体面。洁净本身就是一种美好的感觉。瞧我又东拉西扯了这么多。我是多么不愿意一句话说中要害。那位小姐今天哭了。怎么回事？课上到一半的时候，眼泪突然从她眼眶里滚落下来。这番景象奇怪地深深打动了我。不管怎么说，我要时刻睁大自己的眼睛。去倾听那些只想保持缄默的东西，就是我的乐趣所在。我观察着，聆听着，这样才能让生活变得美妙起来，不去处处留心的话，其实根本就没有生活可言。很明显，本雅门塔小姐心里藏着苦恼，而且一定是一种十分强烈的苦痛，她平日里是个多么懂得自控的人啊。我必须尽快挣到钱。我现在已经写好了简介，内容如下：

个人简介

签署人雅各布·冯·贡腾，出自正派人家，生于某月某日，长在某地某处，已进入本雅门塔学校成为学徒，为求取知识以便日后服务他人。他对生活没有任何期许，只求受到严厉对待，从而切身体会振奋精神之内涵。雅各布·冯·贡腾不夸海口，但他已下定决心，务必行事可靠谦顺。冯·贡腾是一个古老的家族。过去他们是英勇的战士，但尚武之风气日渐衰退，如今他们成了议员和商人，而这个家族中最年轻的成员，也就是这份简介的主人公，已决心与所有自命不凡的传统彻底决裂。他愿受到生活的调教，而不再按照家族世袭的或是任何一种贵族的原则行事。但他仍是高傲的，因为他不可能否认与生俱来的本性，但是他对高傲做出了新的理解，赋予了它与这个时代相适应的新内涵。他希望自己摆脱愚蠢和无用，成为一个与时俱进的人，能够熟练机敏地服务他人。

坦白说，这不仅是他的希望，更是他所确信、敢断言的事实。他生性执拗，身上还残存着祖先灵魂里的落拓不羁，但他在此请求，一旦发现他犟头倔脑，劳烦及时劝告，若是没有改观，就要施以惩戒，他相信这样才会对他有所裨益。他必须受到恰如其分的对待。签署人相信自己可以适应任何职位，对他来说，服从任何命令都没有丝毫区别，他坚信，一丝不苟地完成任何一种工作，都比无所事事、惴惴不安地守在家里的炉灶旁更加光荣。冯·贡腾家的人不会甘心困守在家里的某个角落。如果说，恭顺的签署人的祖先曾挥舞骑士之剑，那么这位后人如今怀着炽热的激情努力证明自己的价值，便是延续了家族的传统。这份勇气若是得到些微的肯定，他必将回报以永无止境的谦恭。他对服务的热情，连同他内心怀有的抱负，让他对碍手碍脚、有害无益的自尊心嗤之以鼻。离家之前，这位签署人曾痛打他的历史老师，可敬的默茨博士，这种可耻的行为令他悔恨不已。如今，他渴望艰苦的工作能像岩石一般，毫不留情地击碎他灵魂中残留的高傲和自负。他沉默寡言，从不泄露任何机密。他不相信天国，也不相信地狱。雇主的满足将是他的天堂，而雇主的失望就是让他万劫不复的地狱，但他相信，他本人和他提供的服务会让所有人满意。这种坚定的信念赋予了他实现自我的勇气。

雅各布·冯·贡腾

我向校长先生递交了个人简介。他通读了简介，我没记错的话，他从头到尾看了两遍。他似乎对我写的东西相当满意，因为我看到一抹微笑从他唇边一闪而过。噢，我不会看错的，我观察人的眼光是很敏锐的。他微微笑了一下，这千真万确。他身上终于显出了一丝活人的迹象。你真得使出浑身解数，才能让你的仰慕对象生出一点点转瞬即逝的好感。我故意用骄傲又放肆的口吻来介绍我的人生经历。"快读吧。怎么样？读了之后有没有一种冲动，想把这份东西直接扔到我脸上？"——这就是我当时的想法。不过校长只是露出一个狡黠而优雅的微笑，而这位狡黠而优雅的校长先生，很不幸，就是我最崇拜的人。我注意到了他的表情。这场小小的前哨战我打赢了。今天我必须再去干一桩愚蠢的勾当，以免自己得意忘形，把肚皮都笑破。不过，那位小姐在流泪吗？怎么回事？为什么我竟然品出了一丝幸福的滋味？我是疯了吗？

接下来我要写的事情，有人可能会怀疑它的真实性，然而我所说的绝无半点虚假。我有一位兄长住在这座庞然大物般的城市里，他是我唯一的兄弟，在我看来是一个不同寻常的人物。他的名字叫作约翰，称得上是一位知名艺术家。可我对他如今在世上享有的声誉一无所知，因为我从不去拜访他。我不会去投奔他的。如果我们在街上偶然相遇，他认出了我并且主动朝我走来：好吧，那我很乐意用力握住我兄弟的手。但我永远不会为这样的相遇主动创造机会，一生一世都不会。我是什么？他是什么？本雅门塔学校的一个寄宿生算什么？我心里清楚得很，显而易见，他就是一个又好又圆的零，仅此而已。但是我哥哥现在成了什么样的人物，我已不得而知。他或许被受过良好教育的优雅人士簇拥着，被天晓得什么样的繁文缛节包围着，我尊重各种礼仪，所以我不会去拜访这样一个兄弟，免得让哪位考究的绅士用一副不由衷的笑容来面对我。我很早就了解约翰·冯·贡腾的为人。他是一个冷静、善于权衡、精于算计的人，和我一样，和贡腾家的所有人一样，但他要比我年长很多，而在两个人或两兄弟的年龄差异中，可能横亘着无法逾越的界线。要是有见面的机会，他一定会同我分享宝贵的经验教训。不管怎么说，这正是我最怕见到的场面，我可不想听这些。他这样一个养尊处优的人，看到我如此贫穷，如此无足轻重，一定会居高临下地让我更加赤裸裸地感受到自己的卑微地位，这叫我如何忍受得了？我一定会重新找回冯·贡腾家的傲气，举手投足明显地粗鲁起来，到头来只会让自己更加痛苦。不，一千一万个不行。怎么？要我从我兄弟那里，从一个血脉相连的人那里接受恩惠？对不起。这是不可能的。我已经在自己的想象里把他的样子描绘得非常精细了，抽着世界上最上乘的香烟，躺在城市中产阶级贪图安逸的软垫和地毯上。可是呢？是的，现在我身上滋生出了一种不属于市民的东西，一种与体面完全对立的东西，而我的哥哥也许正安歇在最美丽、最豪华的体面世界的中心。所以我十分确定，我们不会见面，也许永远都不会！根本就没有必要。没必要？好了，让我们忽略这些。我这个蠢货，张口闭口"我们"，就像一位威严的教书先生。——我哥哥身边必定聚集了举止最文雅、最讲究的沙龙常客。谢谢[1]。噢，十分感谢。女士们会从门里探出头来，傲慢地问："这又是谁？怎么了？是来乞讨的吗？"——衷心感谢这样的招待。

1　原文为法语。

我还没到这个地步，受不起这样的怜悯。房间里摆满了芬芳的鲜花！噢，我根本不喜欢花。还有那些泰然自若的社交名流？——糟糕透了。是的，我确实想见他，很想。但如果我看到他沉浸在华丽和享受之中，就很难把眼前的这个人想象成一位兄长，我就只能佯装欣喜，他肯定也一样。所以我们还是不要相见了。

上课时，我们这些学生总是一动不动地坐在那里，目不转睛地盯着前方。这种时候，给自己擤个鼻涕想必也是不允许的。我们的双手放在膝盖上，从头到尾都不能拿上来被人看到。人类的自负和贪婪就清清楚楚地体现在这长了五个指头的证据上，所以它们必须好好地隐藏在桌子底下。我们学生的鼻子虽然有的挺，有的塌，但精神上有着极为相似的追求，全都挣扎着向高处耸起，这样就能洞若观火地把生活的杂乱看个透彻。但根据我们那无所不包的规定，寄宿生的鼻子就应该是扁平的，就应该是鼻头朝天的塌鼻子，所以我们所有人的嗅觉工具都只能谦卑而羞愧地弯曲着，就像被锋利的刀子削短了一样。我们的眼睛总是盯着意味深长的虚空，这也是写在规定里的。事实上，人根本就不应该长眼睛，因为眼睛又狡黠又好奇，而站在任何一种健康的立场来看，狡黠和好奇都该受到诅咒。我们寄宿生的耳朵也非常有趣。它们时刻保持着紧张的聆听状态，所以几乎不敢去听别的声音。它们总是微微抽搐，提心吊胆，好像背后会突然伸出一只手，把它们揪得老长以示警告。可怜的耳朵，无时无刻不处在这样的恐惧之中。一旦有呼叫或是命令在耳边响起，它们便又振又颤，就像被人胡乱拨弄的竖琴。当然了，有时候寄宿生的耳朵也难免偷个懒打个盹儿，那就等着看它们会被怎样叫醒吧！这可是欢乐的场面。但最驯服的要数我们的嘴，它们总是十分顺从地抿得紧紧的。没有人可以否认：张开的嘴就相当于一个哈欠，它表明这张嘴的主人已经带着他的几缕思绪脱离了注意力的疆域和乐园，在别的什么地方徘徊。把嘴闭上才能保证耳朵时刻处于张开、紧绷的状态，所以窗扇似的鼻翼下的这道门，必须始终小心地闩好。大开的嘴和兽嘴没什么两样，我们每个人都非常清楚这一点。那两片嘴唇绝不能摆出一副自我夸耀的姿态，不能在舒适的自然状态下淫荡地绽开，它们必须叠压在一起，成为一种标志，象征着坚决的断念和随时待命。我们学生都是这么做的，我们按照现行规定毫不留情地对待自己的嘴唇，因此看起来都像发号施令的中士一样冷酷。众所周知，长官希望他的士兵有和自己一样粗鲁又凶狠的表情，这才与他相称，因为他平常是颇有些幽默感的。说正经的，服从命令的人看起来大多与发号施令的人一模一样。仆人得把主人的各种面容和神态全都学来，这样才能把它们忠实地传播出去。不过，我们那位尊贵的小姐就不是这样的长官，正相反，她脸上常常挂着微笑。当然，她有时也会由着自己把我们这群守规矩的土拨鼠似的小家伙嘲笑一番，她心里明白，无论她怎样嘲笑我们，我们的表情也不会有一丝改变。确实如此，我们都装作根本没听到她那银铃般的甜美笑声。

我们就是些别有趣味的怪家伙。我们的头发总是梳得齐整光滑，每个人都在脑袋上开凿了一条笔直的头路，一条穿越乌黑或金黄的毛发大地的通道。这么做是应该的。发缝也必须合乎规定。由于我们如此一丝不苟地给自己梳分头，所以人人看起来几乎都一个模样。假如有位作家要来拜访我们，想对我们身上的闪光之处和各种琐碎一探究竟，他肯定会被我们笑死。还是希望这位作家先生好好待在家里，不要多此一举。那些整天想着研究、描绘、观察的人，都是些空心酥皮饼一样满嘴空话的轻浮家伙。只要人活着，观察这种事就是自然而然。我们的本雅门塔小姐肯定不会给这样一个不知被哪阵雨、哪场雪带来的耍笔杆子的家伙好脸色看。他会被不怎么友好的接待吓得跌倒在地。我们说一不二的女教师也许就会吩咐我们："去吧，快把这位先生从地上扶起来。"然后我们这些本雅门塔学校的寄宿生就会指给这位不速之客看，大门是朝哪个方向开的。而他作家品格中的好奇心就会消失不见。不，这些都是我的幻想。来我们这儿的先生，都是想雇用我们这些男孩的老爷，耳后夹着蘸水笔的人是不会来的。

　　我们学校的老师要么根本不见人影，要么一直在睡觉，或者他们彻底忘记了自己还有工作。难道说他们在罢工？因为每个月没有如期给他们发工资？我一想到这些可怜人，这些瞌睡不醒、心神游离的人，就被一种古怪的感觉纠缠。这些老师，有的坐着，有的待在一个专门为需要休息的人布置的房间里，蜷缩在墙边。韦希利先生就是其中之一，据说他是自然史老师。睡梦中的他还不忘牢牢地叼着他的烟斗。真可惜，他如果去当个养蜂人，一定比现在过得好。看他那红通通的脑袋，还有那双有些老气、女气的胖手。在他身旁，不正是受人尊敬的法语老师布勒施先生吗？噢，是的，确实是他，他要是拿睡觉当幌子，那一定是装的，他是个可怕的撒谎精。他的那些课向来只是一个谎言，一张纸面具。他的脸色多么苍白，多么邪恶！他有一张坏人的脸，又厚又硬的嘴唇，粗野而冷酷的五官。
"你睡着了吗，布勒施？"——他没听见。他原本
就是个讨人厌的家伙。还有那个人，那是谁？施特
雷克尔牧师先生？给我们上宗教课的又高又瘦的牧
师施特雷克尔？见鬼，就是他本人。"您睡着了吗，
牧师先生？您睡吧。睡觉不耽误什么。您只会错过
宗教课的时间而已。宗教，您看，到了今天已经没
有用了。睡觉本身比您信奉的宗教更像宗教。睡着
的时候，或许反倒更接近上帝。您觉得呢？"——
他没听见。我再到别处去敲敲门。咦，这是谁，摆
了个这么舒服的姿势？是默茨吗？教罗马史的默茨
博士？是的，是他，我一看到他的山羊胡子就认出
来了。"您似乎有些生我的气，默茨博士。好了，
您睡吧，忘掉您和我之间那些不和谐的场面吧，不
要再气得吹您的山羊胡了。睡个好觉吧。这个世界
早就开始围着金钱转了，而不再是历史。您津津乐
道的所有古老的英雄美德都已经一文不值了，想
必您自己也知道。您的课给我留下了一些美好的
印象，非常感谢。睡个好觉。"这一位，没看错的

话，是冯·贝尔根先生，这位喜欢折磨男孩子的先生，看来是在这个位子上安了家。别看他现在睡得正香，好像还在做梦，他其实特别喜欢打人手心，简直沉迷于此，难以自拔。他喜欢先命令人"身体向前屈"，然后非常享受地把苇杖贴在可怜的男孩的大腿后侧。真是一派优雅的巴黎风情，只是过于残暴。——这又是谁？高中预备学校校长维斯？他是个很好的人。像这样正直的人，我们就不需要多费笔墨了。在这儿的又是谁？布尔？布尔老师？"见到您我太惊喜了。"布尔是欧洲大陆最杰出的算术老师。不过对本雅门塔学校来说，他的思想过于自由、过于丰富了。克劳斯和其他人都做不了他的学生。他太优秀了，要求自然也高得过分。在本雅门塔学校里，根本不具备这样好的条件。我怎么梦到了家乡的老师们呢？在高中预备学校可以学到很多知识，在这里则完全是另一回事。本雅门塔学校教给寄宿生的是完全不同的东西。

我会很快得到一份差事吗？但愿如此。要我说，我觉得自己的照片加上那封求职信，一定会给人留下好印象。前不久我和席林斯基去了一家高档音乐咖啡厅。席林斯基非常不自在，整个身子都发起颤来。而我表现得几乎像他慈爱的老父亲。服务生把我们上上下下打量了个遍，好歹让我们坐了下来。等我换上一副极其严肃的表情，请他向我们提供殷勤的服务，他就立刻变得恭恭敬敬，用雕刻精美的高脚杯为我们端来了淡啤酒。哎呀呀，人还是得装腔作势。谁能不失礼节地显出自命不凡的样子，谁就会被当成老爷一样侍奉。学会在各种场合取得控制权是很有必要的。我梗着脖子，惟妙惟肖地摆出一副对什么东西隐隐发怒的样子，不，只需表现出惊讶，四下里扫视一番，好像在说："这算什么？怎么回事？这里的人疯了吗？"——这很奏效。感谢上帝，我就是在本雅门塔学校里学会这种态度的。噢，有时候，我感觉自己仿佛能把世间万物玩弄于股掌之间。我一下子就看透了女人们那种可爱的本性。我享受她们举手投足的风情，从她们肤浅琐碎的动作和话语里品出了深刻的含义。只有真正理解了她们，才能读懂她们举到唇边的咖啡杯和撩起的裙摆。她们的灵魂颠簸在甜美的小靴子那向上踢出弧度的鞋跟上，她们的微笑是双重的，既是一种愚蠢无聊的坏习惯，又是世界史里的一个篇章。她们的傲慢和有限的才智是迷人的，比经典作家的著作更吸引人。她们的劣行和陋习才是天底下最大的德行。那么她们生起气来是什么样子呢？她们发脾气说明了什么？只有女人才懂得怎么发脾气。嘘，安静。我想起了妈妈。我回忆起她发怒时的样子，我多么虔诚地怀念那一刻。安静，别出声。本雅门塔的学生怎么可能了解这些东西？

我实在按捺不住了。我走进办公室，像往常一样先深鞠一躬，然后对本雅门塔先生说："本雅门塔先生，我四肢健全，还有灵巧的双手，我想要工作，我请求您，本雅门塔先生，尽快给我谋一个挣钱的工作机会吧。您有各种各样的关系，我知道。与您来往的，都是最最尊贵的老爷、夫人，大衣翻领上佩着皇冠勋章的人，锋利的军刀在腰间铿锵作响的军官，裙摆像嬉闹的海浪一样唰唰擦着地面的女士，拥有巨额财富的老夫人，花一百万买半个微笑的老富翁，各种各样有地位却没有灵魂的人，坐在汽车里呼啸而过的人。总而言之，校长先生，整个世界都要来登您的门。"——"你小心点，别那么放肆。"他警告我。但不知怎的，我不再害怕他的拳头了，我继续说下去，一连串的话从我嘴里冲出来："请您一定给我安排一个能让我感兴趣的工作。当然我也相信，每一项劳动都有吸引人的地方。我在您这里已经学到了很多东西，校长先生。"——他无动于衷地说："你还什么都没有学到。"——我又拾起先前的话头："走出去，投入生活中去，这是上帝对我的旨意。然而上帝是什么呢？如果您能允许我出去赚得金钱和尊重，那您就是我的上帝，校长先生。"他沉默了一会儿，然后说："我要你立刻离开办公室。马上。"——这让我非常恼火。我大声喊道："我以为在您身上看到了一位杰出的人，但我错了，您就和您身处其中的这个时代一样平平无奇。我现在就要到大街上去，随便拦下个什么人。我要是成了罪犯，那也是被逼无奈。"——话音刚落，我就意识到了危险。我立刻跳到门口，又愤怒地喊了一声"再见，校长先生"，然后身手矫健地退到了门外。我在走廊里停下，凑近钥匙孔偷听里面的动静。办公室里鸦雀无声。我回到教室，埋头读起了我们的教科书《何为本雅门塔男校之追求？》。

我们的课程分为两个部分，一个是理论部分，一个是实践部分。然而直到今天，这两部分课程在我印象里仍旧像梦一样不真实，仿佛一个毫无意义又意味深长的童话。背诵是我们的主要功课。我背起来十分轻松，克劳斯就不一样了，所以他始终在拼命学习。各种各样的困难挡在他面前，这就是他勤奋背后的秘密和答案。他的记忆力很差，但他把所有东西都牢牢印在了自己的脑子里，为此付出了巨大的努力。他记住的东西，相当于是刻在了他脑袋里的金属板上，再也不会忘记，根本不用担心会被汗水冲走，或者因为别的什么类似原因而消失。哪里教得少，哪里就适合克劳斯，所以本雅门塔学校就是他最该来的地方。我们学校的基本原则之一，就是"少而透"。所以，天生偏头偏脑的克劳斯天衣无缝地满足这个原则。不要贪多！同样的内容反复巩固！我渐渐领悟到，这些话的背后隐藏着一片多么广阔的天地。把学到的东西真正铭记在心，永志不忘！这是多么重要，多么美好，多么值得敬佩。我们课程里的实践部分，或者说肢体部分，是一种不断重复的体操或者舞蹈，随便怎么称呼它都行。打招呼的方式、进房间的步伐、面对女士的举止，诸如此类，都会得到训练，过程相当漫长，往往又毫无趣味可言，但深意恰恰就潜藏在这一点中，如今我已经能够体会到了。他们想要教化我们、塑造我们，而不是用各种科学填塞我们的头脑，他们给我们的教诲，就是强迫我们去认清自己灵魂和身体的属性。他们让我们清楚地认识到，强迫和困乏本身就充满了教益。比起记住各种概念和含义，简单而看似愚蠢的操练才更有助于我们获得上天的恩赐和实在的学问。我们一样一样地掌握，我们学到的东西，仿佛一步步占有了我们。不是我们占有它们，而是相反：看似被我们占为己有的东西，其实正统治着我们。他们要我们相信，让自己去适应一种贫乏单调但坚实可靠的东西，是快活惬意的，也就是说，我们应该去习惯那些对外在行为做出严格规定的准则和戒条，我们要紧紧依附在那上面。也许他们想把我们变傻，至少是想让我们变得卑微。但我们完全没有因此而怯懦。我们这些寄宿生都知道，每一个人都清清楚楚地知道，胆怯害羞是该受到惩罚的。谁说话结巴露怯，谁就会遭到我们那位小姐的鄙视，但保持卑微是我们始终不能忘记的。我们应该清楚，应该铭记在心，我们身上没有任何重要之处。发号施令的准则，必不可少的强制，还有很多为我们框定了方向和趣味的无情规定：这些才是重要的，我们不是，我们就是些学徒生。这样一来，每个人，连同我在内，都会有自知之明，都能认清自己只是些渺小、贫穷、依附于人、必须时刻保持顺从的侏儒。我们的举止也与此相符：态度恭顺，但外表坚定。我们无一例外地都干劲十足，因为我们身处狭隘和困窘之中，我们只能对我们取得的一点点成就坚信不疑。自身的谦卑就是我们的信仰。如果我们什么都不相信，我们就不会知道自己是多么微不足道。毕竟，我们这些渺小的年轻人身上总有些了不起的地方。我们不能放纵自我，不能沉迷于幻想，也不可以朝远处眺望，这样我们就能满足于眼前，就能胜任每一份突如其来的差事。我们对这个世界还一无所知，但我们会认识它的，因为我们会被投入生活，被丢进它的风暴之中。本雅门塔学校就是前厅，穿过它就走进了广阔生活的会客大堂。在这里，我们能体会到何为尊重，我们学着像那些习惯于仰望的人一样行事。我自己呢？我对这一切多少有些不以为然，正好，这里的所见所闻对我来说就更有益处了。尤其是我这样的人，更需要学会对世间万物保持崇敬之心和发自内心的尊重。如果我不敬长辈，否认上帝，嘲笑法律，不知天高地厚地对着所有崇高、重要、伟大的事探头探脑，那我会走到哪步田地？在我看来，恰恰在这一点上，如今那年轻的一代就病得不轻。他们一到不得不对义务、命令和限制略微低一低头的时候，就大呼小叫，像猫儿一样对着父母喵喵撒娇。不，不，这里的本雅门塔兄妹俩，那位兄长以及那位年轻的小姐，他的妹妹，就是为我照亮前路的北极星。我会永远把他们记在心里。

我在最最密集的人群中，遇见了我的哥哥约翰。我们的重逢沐浴在十分友好的氛围之中，我们的交谈洋溢着真挚的情感，谁都不感到拘束。约翰显得非常亲切，我表现得应该也差不多。我们走进一家略显僻静的小餐馆，天南海北地聊起来。"就保持你现在的样子，弟弟，"约翰对我说，"从最底层做起，这再好不过了。如果你需要帮助……"我轻轻地摆了摆手，表示否定。他继续说："所谓高处，你看，那生活可以说是简直不值一过。你能理解吗？不要误解了我的话，亲爱的弟弟。"——我用力点头，因为我已经预料到他要说什么了，不过我还是恳请他继续说下去。他说："上面的风气就是这样。我是说，那儿有种'还有什么可做'的气氛，这会束缚一个人的手脚。我真希望你并不知道我到底在说什么，如果你都懂了，弟弟，那你怕是要脸色发青了。"——我们都笑了起来。噢，能和自己的兄弟在一起欢笑，是多么好的事情。他继续说："你现在，可以说什么都不是，亲爱的弟弟。不过一个年轻人，就应该是个零，过早地显露出这样那样了不起的样子，才是最会败坏人的。当然，你在自己眼里总是有些了不起的。很好。好极了。可对这个世界来说，你还什么都不是，这也没有什么不好。我还是希望你不完全明白我的话，因为如果你听得懂我的话……""那我就要脸色发青了。"我插嘴道。我们又大笑起来。这样的谈话真有意思。一簇奇异的火苗让我的内心振奋起来，我的眼睛也火辣辣地发起烫来。我喜欢这种热血沸腾的感觉，每到这种时候，我的脸就会整个儿涨得通红，脑袋里也会涌出许多纯洁而崇高的想法。约翰继续说道："弟弟，不要一直打断我。你那稚嫩的傻笑声把我脑子里的念头都打散了。听好了，要注意。我告诉你的东西也许有一天会对你有用。最重要的是：永远不要觉得自己被排斥了。根本就不存在什么社会的弃儿，弟弟，因为这个世界上也许根本不存在什么值得去争取的。当然你应该努力争取，最好还要充满斗志。但你要记住：没有，没有什么东西值得为之奋斗，这样你就永远不会太过迫切。所有东西都已经败坏了。你明白吗？你看，我一直希望你还不能完全理解这一切，我这是为你担心。"——我说："可惜我并不像你希望的那样愚笨，不能如你所愿地误解你。不过别担心，你透露给我的真相并没有吓破我的胆。"——我们相视一笑，然后又点了些喝的。模样优雅的约翰继续说道："世上确实有所谓'进步'一说，但这只是奸商散布的各种谎言中的一个。这样他们就可以更加肆无忌惮地榨干众人口袋里的钱了。大众就是如今的奴隶，个人就是汹涌的公众思想的奴隶。美好、卓越的东西已经不复存在了。你得为自己去梦想美、善、公正之类的东西。说说看，你懂得怎么做梦吗？"我神情专注地点了两下头，由着约翰继续往下说："好好努力，尽可能多地赚钱。钱是唯一没有被败坏的东西，其他的一切都已经搞砸了。所有，所有东西，腐败变质了，劈成两半了，被剥去了装饰和华彩。我们的一座座城市不可挽回地从地球上消失了。丑陋的庞然大物占据了过去立着平民住宅和王侯宫殿的空地。还有钢琴，亲爱的弟弟，听那些琴键上胡乱敲击出的叮当声！音乐会和戏剧表演在下坡路上一去不返，评判标准也越来越低。当然，给整个社会定调的这样一个阶层并没有彻底消失，但它已经谱写不出高贵优雅的曲调了。还有书……总之，永远不要气馁。甘于贫穷和卑微，亲爱的朋友。那些关于钱的念头你还是全部打发了吧。其实做个穷鬼才是世界上最美好、最无往不胜的事情。雅各布，富人从不感到满足，也不感到幸福。如今的富人，他们一无所有。他们才是真正快饿死的人。"——我又点了点头，这是事实，我可以不假思索地对这一切表示赞同。约翰说的话很合我的心意，也与我的情况十分契合。他的话里有骄傲，也有悲伤。没错，骄傲和悲伤总能交织出动听的声音。我们又点了啤酒，坐在我对面的哥哥说道："你要心怀希望，但不要对任何东西寄予希望。你要保持仰视的姿态，那是当然，这是与你相衬的，你年轻，年轻得理直气壮，雅各布，不过，你得承认，你是不是鄙视那些你满怀敬意仰望的东西？你又点头了？见鬼，你是一个多么善解人意的听众。你简直就像一棵果实累累的树，每一颗果子都代表着对别人的理解。要知足，亲爱的弟弟，要努力，要学习，尽可能地为别人做一些好事。瞧，我得走了。告诉我，我们什么时候能再见面？老实说，我对你很感兴趣。"——我们走出了餐馆，在外面的街道上互相道别。我目送着亲爱的哥哥慢慢走远。是啊，这就是我的哥哥。这真叫人高兴。

我父亲有车有马，还有一个仆人，老费尔曼。妈妈有自己的剧院包厢。在这个生活着两万八千居民的小城里，她是多么招其他女人妒羡。我母亲非常美丽，上了年纪也依旧风韵不减。我记得她穿过一条十分贴身的浅蓝色连衣裙，手里撑着一把柔白色的遮阳伞。阳光明媚，一个春意盎然的好天气。大街小巷弥漫着紫罗兰的香气。游人们徜徉在林荫道上，市立乐团在绿地的树荫下举办游园音乐会。一切都是那么甜蜜，那么明朗。喷泉流水淙淙，孩子们穿着鲜艳的衣裳在一旁嬉闹。微风载着花香轻拂而过，唤醒了一种对不可名状之物的渴望。新城区广场边的房屋里，有人透过窗户向外张望。母亲纤细的手和惹人爱的臂膀被浅黄色的长手套包裹着。约翰当时已经离开家了。但父亲还和我们在一起。我满怀柔情地敬爱着我的父母，可是，不，我绝不打算接受他们的帮助（或者说钱）。我受伤的自尊会让我一病不起，我在梦中勾勒出的自我奋斗的人生轨迹就会化为泡影，我胸中酝酿着的发烫的自我教化计划就会彻底破灭。正是为了教化自己，或者说为将来的自我教化做准备，我才成为本雅门塔学校的一名寄宿生，因为在这里，可以为迎面而来的任何沉重或晦暗的东西做好思想准备。这也是我不写信回家的原因，仅仅把这些东西讲述一遍也会让我迷茫和动摇，会让我那"从最底层做起"的计划完全泡汤。只有在沉默中才能成就大事，一声不响才能一鸣惊人，否则事情就会渐渐变味、草草收场，燃起的跳动火苗也会再次熄灭。我知道自己的做事风格，这就够了。——噢，对了。说到我们的老仆人，这位不仅在世而且在职的费尔曼，我这儿还有个逗人乐的故事。事情是这样的：有一天，费尔曼犯了严重的过错，理应被扫地出门。"费尔曼，"我妈妈对他说，"您可以走了。我们不再需要您了。"——这个可怜的老人扑倒在我母亲脚边，不断祈求宽恕，他还刚刚埋葬了一个死于癌症的儿子（这一点儿也不可乐）。这个可怜的家伙，他苍老的眼里噙满了泪水。妈妈就这么原谅了他。几天后，我向我的伙伴威贝尔兄弟描述了这个场景，结果遭到了他们的嘲笑和鄙视。他俩把我们之间的友谊一笔勾销，因为他们觉得我们家听起来一副保皇党的作风。他们不相信还有跪倒在人脚边这种事，然后就到处用无比粗俗的话诽谤我和妈妈。

毛头小子专干这样的事，不过这也符合小共和党人的做派，对他们来说，不管是作为个人还是统治者，施与恩宠也好收回恩宠也罢，都是一种暴行，都是唾弃的对象。现在看来，这是多么滑稽！但在时代的变迁之中，这段小插曲又是多么典型。今天，整个世界的人都会做出和威贝尔家的男孩一样的判断。是的，事情就是这样：人们已经不再容忍王公贵妇那一套了。随心所欲的男女主人也早就不复存在了。我应该为此而感到悲哀吗？我根本没有想过。我要为时代的精神负责吗？我顺应时代本来的样子，只保留默默观察的权利。至于亲切的老费尔曼，他还是在一种家长制的权威下得到了宽恕。代表着忠诚和归属的泪水，是多么美好。——

从下午三点开始，我们这些寄宿生差不多就可以自由支配时间了。不会有人再来关心我们了。校长他们都钻进了内室，不见踪影，教室里空空荡荡，一片荒芜，几乎让人抑郁。噪声是不允许出现的。走路只许脚步轻巧地闪过，讲话也只能用耳语般的声音。席林斯基照起了镜子，沙赫特望向窗外，或许是在和街对面的厨娘打手势，克劳斯对着课文念念有词，打算把每个字都背下来。到处都安静得像坟地，孤零零的庭院仿佛一块矩形的永恒。我总是直挺挺地站在那儿，练习金鸡独立，有时会换换花样，比如长时间憋着不呼吸。屏气也是一种锻炼，有位医生曾经告诉过我，这样做甚至可以促进健康。有时候我会写字，有时候我干脆闭上眼睛，倒不是为了让它们得到休息，而是有意不去看任何东西。眼睛能够传递思想，所以我时不时地将它们关闭，以免思考。当人只是这样待着，什么都不做，就会突然发觉，活着也可以是一件很有讲究的事情。什么都不做，把注意力集中在自己的姿态上，这也需要耗费精力，手头有些事干反而要轻松得多。在这方面，我们这些寄宿生个个都是能手。无聊会让无所事事的人故意做出些失态的举动，比如坐没坐相，或者手舞足蹈、大打哈欠、大声叹息。而我们学徒生就不会这样。我们抿紧嘴唇，纹丝不动。我们头顶上永远悬着那些板着面孔的规定。有时候，正当我们枯坐或者傻站在那里的时候，那位小姐会推开门缓步走进来，一边用古怪的眼神打量我们，一边穿过教室。她就像一个幽灵，从很远很远的地方来到这儿。"你们在做什么，男孩们？"她可能会问一句类似的话，但不等我们回答就继续往前走。她是那么美丽，乌黑的头发那么丰盈。她总是低垂着眼睛。她的眼睛尤其适合这种目光下垂的姿态。她的眼睑（噢，这一切我都看得清清楚楚）丰满地鼓起，还会灵活地飞快颤动。这样一双眼睛！一旦与它们对视，你就仿佛望进了令人毛骨悚然的万丈深渊。在一片闪亮的漆黑中，它们仿佛什么也没有说，同时又好像道尽了一切不可言说之物，让人感觉似曾相识，又显得无比陌生。她的眉毛十分纤细，似断非断，在眼睛上方画出两道圆润的弧线。它们就像挂在病态苍白的夜空中的两弯新月，又像细小而蜇人的伤口，让注视它们的人感到内心的刺痛。还有她的脸颊！无声的渴望和迟疑就在她的双颊上欢庆节日，而不被理解的脆弱和柔情在上面奔走恸哭。有时候，覆盖着脸颊的莹白积雪上，会落下一块带着哀求神色的淡红，一丝羞答答的、微红的生气，一缕阳光，不，只是阳光的微弱反射。然后就好像有微笑掠过了她的脸颊，又好像有热度令它微微发烫。当你注视着本雅门塔小姐的脸颊，你就会失去生活下去的欲望，因为在你眼里，生活充满了可鄙的野蛮和地狱般的喧嚣。她的柔美近乎专横地让人直视严酷和危险。还有她的牙齿，当她丰满仁慈的嘴唇挂上微笑，它们就会冲你闪闪发亮。如果她开始哭泣呢？你就会觉得，大地必然会因为看到她的眼泪而感到羞愧和痛苦，然后从她踏过的每一个地方沉陷下去。如果你听到了她的哭声呢？噢，那就会直接失去知觉了。前不久，就在课上，我们听到了她的哭声。我们都像杨树叶一样颤抖不止。是的，我们所有人，所有人都爱她。她是我们的老师，是凌驾于我们之上的存在。她正在遭受某种痛苦，这很明显。她是病了吗？

本雅门塔小姐在厨房里和我说了几句话。当时我正要回房间，她叫住了我，问了我一句话，却没有施舍给我一个眼神："怎么样，雅各布？你还好吗？"我立刻站得毕恭毕敬，尽可能显出得体的样子，然后用恭顺的语气回答道："噢，当然，尊贵的小姐。一切都很好，除了说好没法说别的了。"——她转过头来，浅浅地笑了一下，问道："这是什么意思呢？"——我回答："我什么都不缺。"——她的目光在我身上停留了片刻，没有开口。过了一会儿，她说："你可以走了，雅各布。你不必站在那里了。"——我鞠了一躬，规规矩矩地向她表达敬意，然后溜回了自己的房间。过了不到五分钟，有人敲响我的房门。我认出了这个敲门声，立刻冲到门口。那位小姐就站在我面前。"雅各布，"她问我，"告诉我，你和你的伙伴们相处得怎么样？他们都是很好的人，对吗？"——我回答说，在我看来，他们无一例外全都是可爱又可敬的人。听我这样说，老师对我狡黠地眨了眨美丽的眼睛，说道："是啊是啊。你不是会和克劳斯吵架吗？对你们俩来说，吵架就是相亲相爱、互相尊重的标志吗？"——我毫不犹豫地回答："在某种意义上是的，小姐。而且我们的争吵也是闹着玩的。如果克劳斯心思略微细腻一点，他就会感觉到，我特别喜欢他，甚至超过其他所有人。我非常尊重克劳斯。如果您不相信这一点，我会非常伤心的。"——她拉着我的手轻轻捏了一下说："冷静一点。你看看你，一说话就激动起来。真是个容易头脑发热的家伙。如果你所说的都是真的，那我怎么会对你有任何不满呢？如果你以后也一直像现在这样守规矩，我就会一直很满意。是的，记住这一点：克劳斯是个优秀的男孩，如果你在克劳斯面前表现得无礼，那就会伤了我的心。对他好一点，这是我最希望看到的。不过不要难过。听着，我没有责怪你的意思。瞧你这个被宠坏的公子哥！克劳斯是多么好的一个人。是不是，克劳斯是不是个很好的人，雅各布？"我回答："是。"除了"是"，我就再也说不出别的了，只是不由自主地大笑起来，笑得相当愚蠢，我甚至都不知道自己在笑什么。那位小姐摇了摇头便走开了。为什么我只会傻笑？到现在我也没想明白。不过这已经不重要了。我什么时候才能赚到钱？这个问题在我看来重要得多。眼下，金钱才是我觉得具有完美价值的东西。想象一下两块金子碰撞发出的声响，我就几乎要发疯了。我不缺吃的东西：那又如何？我想发财都快想疯了，恨不得砸碎自己的脑袋。我马上就会对吃东西失去任何兴趣。

　　如果有钱了，我根本就不会去环游世界。当然，这样也不赖。只不过，浮皮潦草地去看一眼外国的东西，这背后有什么令人心驰神往的可言呢。总的来说，我不屑于干所谓进修深造这种事。吸引我的是深度，是灵魂，而不是遥远和广阔。研究近在眼前的东西才会让我兴趣盎然。我甚至都不买什么东西。我没有任何占有欲。几套优雅的制服、几件质地优良的内衣、一顶礼帽、低调的金色袖扣、一双高筒皮鞋，这就是我想要的全部了，有了这些，我就可以出门。不需要房子，不需要花园，不需要仆人，等等，仆人还是要一个，我会雇用一个体面又顺从的克劳斯。这样我就可以出发了。我钻进蒸腾着的雾气，走上大街。阴郁的寒冬尤其能够衬托我口袋里的金币。钞票都被我放进了一个简单的钱包里。我一路步行，和往常一样，只是怀着一个隐秘的念头，可能连我自己都没有意识到：我不能让别人注意到我其实富比王侯。空中可能正在飘雪。我丝毫不觉得扫兴，正相反，雪天在我看来甚至十分应景。雪花在傍晚时分亮起的路灯间轻柔地飘落，每一片都闪闪发光，十分可爱。我不会叫出租车，我这辈子都不会起这样的念头。只有需要赶时间或者想要摆架子的人才会做这种事。但我并不想为显示身份而装腔作势，也没有任何紧急的任务要赶。像现在这样闲庭信步，各种各样的想法就会涌上我的心头。突然，我非常礼貌地跟某个人打起了招呼。看，那儿出现了一个男人。我不失风度地注视着这个人，我发现，他日子过得并不如意。这是我感觉出来的，不是眼睛直接看到的，这一点并不会写在他脸上，但总会从某些东西上反映出来。这时，男人开口问我想要做什么。他的问法显示出了他的教养。他这样平和而又简洁地提出问题，让我颇为意外，因为我已经预备着迎接一些更为粗鲁无礼的反应。"这个人的内心有着深切的伤痛，"我立刻得出了结论，"不然他怎么可能一点儿也不生气。"——然后我就不说话了，不再说一个字，只是让自己的目光长久地停留在他身上。那不是锐利的目光，噢不，只是平淡的，或许还带着几分愉悦的目光。现在我知道他是什么样的人了。我打开钱包，利索地抽出十张钞票，一共一万马克，把这笔钱交给那个人。我像往常一样礼貌地抬了抬帽子，道了声晚安，然后转身离开。雪还在下。我漫步街头，停止了胡思乱想，我只感到心情舒畅，想什么都是多余的。那一定是个穷困潦倒的艺术家，我很清楚自己把钱给了一个什么样的人。是的，我知道，我是不可能让自己上当受骗的。噢，一份慷慨、炽热、真诚的关切刚刚在这个世界上成为过去。好吧，在下一个夜晚，我可能又会生出一些完全不同的想法。反正我不会去环游世界，我宁愿做一些疯狂而荒唐的事情。比如我可以举办一场活色生香的饕餮盛宴，或者组织几次前所未有的纵酒狂欢。我要在这上面花掉个十万块钱。总之，这笔钱一定要花在一些让人神魂颠倒的事情上，因为只有真正挥霍掉的钱，才称得上是花得漂亮的钱。有一天我会去乞讨，阳光照耀在我身上，我感到无比快乐，而快乐的原因我根本不愿去多想。然后妈妈来到了我前面，搂住了我的脖子——多么美好的幻想啊！

克劳斯的面孔上和个性里都有某种久远年代的痕迹，他身上透出的古风会把盯着他看的人带去古代的巴勒斯坦。亚伯拉罕[1]的时代在我这个同学的面容上重新鲜活起来。古老的父权时代再次浮现，连同它谜一样的风俗和独特风光，慈父般地望

---

[1] 亚伯拉罕，意为"万国的父"，传说是希伯来民族和阿拉伯民族的共同祖先。据《圣经·创世记》记载，他因对上帝的信心和顺服，使后裔得到土地与赐福。

着每一个面对他的人。我甚至感觉，那时候的所有父亲都拥有古老的面容和棕色的鬈曲长须。这当然只是胡思乱想，但在这种天真的想象里，或许总有几分真实。是的，那时候！这个词本身就会让人想到双亲和家族。在古代的以色列，完全可能时不时出现一个叫以撒[1]或者亚伯拉罕的老爹，德高望重，在自己的土地上，仰赖自然的富饶安度晚年。那个时候，威望随着年龄的增长而提高，白发老翁如同一国之君，活过的年岁就是他打下的江山。这些老人还能永葆青春，他们年逾百岁仍然生儿育女。那时还没有牙医，想必当时根本就没有蛀牙。约瑟在埃及[2]不就是这样一段佳话？克劳斯和波提乏家里的约瑟多么相像啊。这个青年被卖到埃及，沦为奴隶，然后呢？他被带到了一个正派、体面的有钱人那里，成了一名家奴。不过他还是受到了善待。那时的法律或许是不人道的，当然，可当时的风俗和

1　以撒是亚伯拉罕的儿子。

2　据《圣经·创世记》记载，约瑟是最受雅各宠爱的儿子，因惹兄长们嫉妒，被卖到了埃及。他在成为法老护卫长波提乏的家奴后，受到女主人的诱惑而不为所动，被女主人诬陷下狱。

观念却因而更加温和，更加细腻。在今天，一个奴隶的日子可要难过得多，愿上帝保佑他！在我们这些生来就高傲的现代人之中，也生活着相当数量的奴隶。说不定今天的我们个个都是奴隶，一种席卷了整个世界的令人不快的粗俗思想，正挥舞着鞭子统治着我们。——言归正传，然后有一天，家中的女主人向约瑟提出了非分的要求。不奇怪吗？这些老掉牙的楼道逸闻、门后私事，在每一个时代口口相传，生生不息，到了今天，人们竟然还知道得那么清楚。所有人在小学里就读过这个故事了，有人会对这个不知变通的家伙提出疑问吗？有些人确实不懂欣赏这种古板迂腐的美妙之处，他们绝对是头脑愚钝、缺乏判断力的人，我鄙视这些人。好了，这个时候，克劳斯拒绝了他的女主人，不，我想说的是约瑟。但克劳斯也很可能这样做，因为他身上有埃及的约瑟的影子。"不，尊贵的夫人，我不会那样做的。我必须对我的主人保持忠诚。"——诱惑他的女人离开了，转身便去告发了年轻的仆人，说他犯下了卑鄙的罪行，企图引诱他的女主人失贞。接下来的事我就不清楚了。很奇怪，从来没人告诉过我，波提乏在这个时候说了什么，做了什么，但尼罗河的景象总会十分清晰地浮现在我的眼前。是的，克劳斯就是一个像约瑟一样的好人。他的姿态、身形、脸庞、发型、手势都与这个形象完美契合，甚至包括那皮肤上的醒目标记——很不幸，那些脓包还没有痊愈。脓包就是带有《圣经》色彩和东方风情的东西。还有他的品行、他的性格、他对一个纯洁青年该拥有的所有美德的坚守，每一样都无比相称。埃及的约瑟也一定是个渺小而执拗的老古板，不然他就会听从那个淫荡的女人，背叛自己的主人。约瑟就是古埃及的克劳斯，克劳斯的反应一定和他如出一辙，他会举起双手发誓，带着半是恳求半是责备的表情说道："不，不，我不会那样做的。"

讨人喜欢的克劳斯。我的思绪总是围着他打转。从他身上，你可以切切实实看到"教养"这个词的真正含义。往后无论走到哪里，克劳斯一定都会被看成一个派得上用处但没有受过教育的人，不过在我眼里，他恰恰被教育得非常彻底，因为他代表了一种坚实而优秀的完整。从他身上就可以看到人的变化。你看不到扑腾着翅膀的知识围着他窃窃私语，而是有什么东西栖息在他身上，而他，就倚靠着这些东西，以它们为行事的准则。他值得信任，连灵魂都可以托付给他。他永远不会欺骗或者中伤任何人，别的暂且不提，首先这种不多嘴多舌的品质，我就称之为教化。喋喋不休的人就是骗子，即便他可能本质不坏，但想到什么都脱口而出这个弱点，足以把他变成一个卑鄙恶劣的家伙。克劳斯十分克制，永远有所保留，绝不会毫无必要地张口就来，这就是美德，就是活生生的仁慈。我称之为教化。克劳斯并非和蔼之人，他常常态度粗鲁地对待他的同龄人和伙伴，可这正是我如此喜欢他的原因，在我看来，这恰恰表明他并不擅长残忍而轻率的背叛。他在所有人面前都忠诚而正派。这就是关键所在：居心不良的友好亲切，往往会让人的名誉和生命遭受来自邻居、同伴甚至兄弟最可怕的败坏和伤害。克劳斯懂得不多，但他从不轻率行事，他总是亲手制定戒律约束自己，这就是我说的教化。从一个人身上看到体贴入微和思虑周详，这就是教化。诸如此类。像克劳斯这样，远离任何一种哪怕是最微不足道的自私自利，始终把自控、自律作为目标不断靠近，我想就是这一点，让本雅门塔小姐对我说出了那句话："雅各布，你不觉得克劳斯很好吗？"——是的，他很好。若是这个同伴哪天离我而去，我就如同失去了天国乐土，我确信这一点。现在我几乎不敢再跟克劳斯吵架了，哪怕是开玩笑的。我只希望能够看到他，永远永远看着他，因为残酷无情的生活终究要把我们分开，到时候我就只能用他的照片来满足自己。

我现在也想通了，为什么克劳斯在外表上没有丝毫过人之处，还缺乏身体上的优雅，为什么自然要如此蹂躏他，让他身形佝偻、容貌丑陋。自然对他是有打算的，它在与他谋划什么，或者说它从一开始就对他有所企图。对自然来说，这个男人可能太纯净了，所以它把他投入了一副卑微、丑陋、不堪入目的皮囊，表面上的成功就不会败坏他了。

也可能完全是另一回事，也就是说，自然在创造克劳斯的时候，其实正在气头上，说不定还有些幸灾乐祸。可现在它一定后悔极了，恨自己后母般地亏待了他。不过谁知道呢。也有可能它正对自己创作的这件笨拙粗陋的杰作扬扬得意呢，确实，它有理由感到高兴，因为这个不甚雅观的克劳斯比任何最优雅、最俊美的人还要美好。他没有耀眼的才华，但那颗未受腐蚀的善良的心却闪耀着光芒，他笨拙朴素的一举一动虽然显得呆板，但在人类社会中或许找不到能与之媲美的礼仪了。成功永远不会属于克劳斯，是的，无论是在女人身上，还是在世俗生活中，女人们只会觉得他乏味丑陋，而生活只会毫不在意地从他身边经过。毫不在意？是的，克劳斯永远不会引起任何人的注意，这样不受旁人关注和重视地平淡度日，恰恰是妙不可言又深谋远虑的，是造物主意志的显现。上帝把这样一个克劳斯带到世上，好像就是为了给世界出一道难题，一个无法解开的深奥谜题。好吧，这个谜题永远找不到谜底，因为人们甚至懒得去解它，正因如此，这个克劳斯之谜才如此美妙和深奥：没有人渴望破解它，没有一个活生生的人指望这个毫不起眼的克劳斯背后会藏着什么使命、什么谜语、什么微妙的意义。克劳斯是真正的上帝之作，一个无，一个仆从。克劳斯在每个人眼里都一样，没有受过教育，却又十分优秀，足以胜任最最艰巨的工作。而且奇怪的是，所有人都没有看错，他们的想法很有道理，事实就是这样：克劳斯就是谦卑的化身，就是谦恭之冠、谦恭之殿，他会完成各种微小的工作，这是他力所能及的，也是他心甘情愿的。他脑中别无他想，唯有帮助、服从和服务，谁都能一眼就看出来，谁都想让他人尽其用，金灿灿的神圣的正义就在他得到利用的那一刻焕发出美好和清澈。是的，克劳斯就是这样一个正派人的形象，单调、单一、单纯。他的简单有目共睹，因此也没有人会重视他，他将永远一事无成。太妙了，太妙了，简直妙不可言。噢，上帝的造物，多么仁慈，多么诱人，像果实累累的树木一样结满魅力和思想。有人会认为我在夸大其词。你看，我不得不说，这才哪儿到哪儿，更夸张的话还没说出来呢。不，克劳斯不会事业有成，不会名满天下，也不会坠入爱河，这很好，因为与这些成就如影随形的，只会是精神涣散和种种浅薄的世界观。当一个人拥有了可以用来炫耀的成就和认可，自我满足就会撑饱他们的肚皮，让他们变成胖子，虚荣的力量会像吹气球一样使他们膨胀，直到认不出原来的模样。上帝庇护一个顺从的人，使他远离众人的认可。认可只会败坏一个人，要不就是令他感到困惑，削弱他的力量。而感谢呢？感谢完全是另一回事。一个像克劳斯这样的人甚至都不会收到别人的感谢，确实也没有感谢的必要。每隔十年大概会冒出一个人对他说："谢谢你，克劳斯"，然后他会傻傻地笑起来，傻得可怕。我的克劳斯永远不会变得飘飘然，因为巨大的、无情的困难将永远挡在他面前。我想我是仅有的几个人里的一个，也许是唯一的一个，也可能有两三个，我们迟早会知道，克劳斯身上有什么东西是值得我们珍惜的。本雅门塔小姐算一个，是的，她知道。校长先生可能也知道。那是当然。本雅门塔先生当然能洞察克劳斯的价值。我得打住了，今天不能再写了。这些东西太让我着迷。我越说越没分寸。字母都开始在我眼前一闪一闪，还跳起了舞。

　　房子后面有一座年代久远的荒弃花园。我每次透过校长办公室的窗户（每隔两天，我就会和克劳斯一起打扫校长办公室），看到晨光里无人照看的花园一角，就觉得十分可惜，甚至有种冲动，想直接跑下楼，把花园打理一番。不过这纯属多愁善感，这种软绵绵的陶醉只会把人引入歧途，还是让它见鬼去吧。在我们本雅门塔学校还有一些完全不一样的花园。现实中的花园禁止任何人入内，不管出于什么原因，反正没有一个寄宿生能够踏进去。然而，就像我刚才说的，我们有另一座花园，一座也许比真实的花园更加美丽的花园。在我们的教科书《何为男校之追求？》的第八页，写着这样一句话："优良的品行如同鲜花盛放的花园。"——所以呢，我们这些学生可以在这座精神和感觉上的花园里尽情地玩耍。也不赖。如果我们中有谁行为不端，他就好比孤零零地走在污秽阴暗的地狱里。谁表现得规规矩矩，作为奖励，他就自然而然地徜徉在被缕缕阳光穿透的绿荫之下了。多么诱人！连我这样见识浅陋的男孩也能看出来，这条动听的戒律，是包含着一些真理的。如果有人做了蠢事，他一定会感到羞愧和气恼，身陷难堪的处境，仿佛在地狱里煎熬。相反，如果他始终殷勤周到，举止得体，那么就会有看不见的精灵牵起他的手，让他沉醉在舒适安逸之中，那就是我所说的花园，一种命运的眷顾，他现在已经不由自主地漫步在一片绿意盎然的宜人风景里了。假如本雅门塔学校的一个学生能对自己感到满意——这是很稀罕的事，因为在这儿，规定总是像冰雹、闪电、雪片和雨水一样打在我们身上——他周围就会香气缭绕，这甜美的香气是一份微薄但由他勇敢争得的赞赏。本雅门塔小姐的赞赏，就能带来香气，而她的斥责，会让黑暗降临在教室里。多么神奇的世界，这就是我们的学校。如果一个学生始终乖巧得体，他头顶上就会拱起一片穹顶，那就是想象中的花园上空独一无二的蔚蓝天空。如果我们学徒生能真正做到不骄不躁，如果我们在辛劳之中能保持顺从，如果我们懂得所谓的等待和坚守，那么金色的光芒就会在我们略显疲倦的眼前闪现，我们知道，它就是天国的太阳。它照耀在那些当之无愧地感到劳累的人身上。要是我们不再发觉自己怀有不纯粹的愿望，不因它们而感到不幸，那么我们就会听见：嘿，那是什么？是鸟儿在歌唱！对，那就是我们花园里的小歌手，披着漂亮的羽毛，欢快地发出优美动听的声音。这时你自然就得出了结论：除了这座我们为自己创造的花园，本雅门塔学校的学生难道还需要别的花园吗？当我们举止优雅得体，我们就是富有的绅士。但当我渴望拥有金钱的时候——很不幸，这种情况经常发生，我就会被绝望而狂暴的欲望吞没，坠入深渊，噢，随后我就会痛苦万分，羞愧不已，我会怀疑自己是否还能得到拯救。但这个时候只要望一眼克劳斯，一种强烈的、汩汩作响的、泉水般喷涌着的美妙满足感就会流遍我的全身。这在我们花园里蜿蜒起伏的潺潺流水，就是平和的谦逊之泉。我感到如此幸福，内心激荡，胸中充满了美好的向往。啊，谁说我不爱克劳斯？要是我们中的任何一个人成了英雄，如果他冒着生命危险成就了英勇的壮举（教科书上是这样说的），他就可以踏进我们花园里的大理石列柱厅堂。在这个隐于浓荫之中、壁画环绕的大厅里，他会得到一个吻。但我们教科书上没有写，这个吻来自一张什么样的嘴。我们显然都不会成为英雄。做英雄有什么用！首先，我们缺乏表现英勇的机会，其次，我不太确定席林斯基或长条儿彼得是不是能做好自我牺牲的准备。不过我相信，即使没有亲吻、英雄和列柱厅堂，我们的花园也依旧是一个赏心悦目的地方。一谈到英雄之类的，我就感到浑身冷飕飕的。我还是不往下说了。

前不久，我问克劳斯，他会不会常常有种类似无聊的感觉。他立刻给了我一个充满责备的眼神，然后想了想，开口说道："无聊？你是不是犯糊涂了，雅各布？让我来告诉你，你问的问题既幼稚，又罪恶。这世上谁会无聊？你说不定真会。我可不会，我告诉你。书上那么多内容等着我背诵，你看我还有时间感到无聊吗？多么愚蠢的问题。上流社会那些人或许会无聊，克劳斯不会。我看你倒像真的无聊了，否则你压根不会有这样的念头，更不会来找我，问出这样的问题。人总能找到事情做的，就算不和外界打交道，至少也能在自己身上想想办法，你可以自己跟自己说话，雅各布。我敢肯定你好几次看到我在那儿自言自语，你一定很想嘲笑我吧。不过，听着，你告诉我，你知道我在喃喃自语些什么吗？都是书上的语录，亲爱的雅各布。我自说自话，不断重复那些句子，这对健康有好处，相信我。带着你的无聊赶紧走开。谁总是想着在别人身上找到让自己快活的东西，他就会感到无聊。哪里有坏情绪，哪里有渴望，哪里就有无聊。走开，别来烦我了，让我好好学习，去找点事做吧。去找些事操心一下，你就不会再无聊了。以后不要提这种只会把人问得心烦意乱的愚蠢问题了。"——"你说完了吗，克劳斯?"我问了他一句，然后笑了起来。但他只是怜悯地看着我。确实，克劳斯永远不会感到无聊。这点我早就非常清楚了，我只不过想逗逗他。瞧我多么丑陋，多么空虚。我一定要痛改前非。总想着要弄克劳斯、逗他发火，实在不是光彩的事，但又确实让人欲罢不能。克劳斯的责备听起来那么有趣。在他那些语重心长的话里，有一些让人联想到父亲亚伯拉罕的东西。

几天前，我做了一个十分可怕的梦。在梦里，我成了一个罪大恶极的人，怎么会这样的，我的梦并没有向我透露。从颈椎到脚趾，我身上的每一寸都透着粗野，我就是一块打扮得花里胡哨的人肉，迟钝又残忍。我一副脑满肠肥的样子，日子过得似乎顺风顺水。好几枚戒指在我畸形的手指上闪烁，沉甸甸的肉感的威望懒散地挂在我下垂的肚子上。我感到自己张口就可以发号施令，可以由着性子发泄情绪。我的身旁是一张摆得满满当当的桌子，林立的红酒瓶和利口酒瓶，各种最上等的冷盘，琳琅满目，让人眼花缭乱，撩拨着难以餍足的吃喝欲望。我控制不住地伸手去取，一遍又一遍。刀叉上沾着手下败将的眼泪，杯盏碰撞出穷人的叹息，但泪痕只会让我发笑，绝望的叹息在我听来就像动听的音乐。我想要佐餐的宴会音乐，音乐就响了起来。看起来我以牺牲他人福祉为代价做成了非常赚钱的生意，这让我通体舒畅欢欣。噢，噢，让部分同胞失去立足之地，我多么享受这种感觉！我一把抓住呼叫铃，把它按得叮当响。一个老人走了进来，不对，是爬了进来。这位就是"处世之道"。他爬到我的靴子面前，低头亲吻了它们。我允许这个卑躬屈膝的人这样问候我。人们眼里的老道经验、金科玉律，此刻正在亲吻我的脚。这种感觉就叫富有。想到这一点，我又按响了铃，我感到身上不知什么地方发起痒来，渴望着换个刺激点的花样。一个女孩出现了，对我这种好色之徒来说，这就是一道美味佳肴。这个女孩自称"赤子之心"，她匆匆瞥了一眼摆在我身边的鞭子，便开始亲吻我，顿时为我注入了新的活力。恐惧和过早的堕落在她鹿一样动人的双眸中颤动。心满意足之后，我再次按响了铃，这次进来的是"生活之苦"，一个俊美、苗条但贫穷的年轻人。他也是我众多奴才中的一个。我皱着眉头命令他，把那谁带进来，叫什么来着，好了，我终于想起来了，把"劳动热情"给我带进来。不一会儿，"勤奋"进来了，一个身材魁梧的工人，一个完美的劳动者。我寻开心似的把鞭子挥得噼啪作响，不偏不倚地抽在他静候吩咐的脸上，然后疯狂地大笑起来。这位"奋斗"，这个质朴劳作的化身，对此却毫不在意。然后我做了一个慵懒又傲慢的手势，赐给他一杯红酒，这个愚蠢的可怜鬼便稀里呼噜地喝下了这耻辱的劣酒。"去吧，给我干活去。"我把他打发走了。这时，"美德"哭哭啼啼地走了进来，只要不是铁石心肠的人都会被这个女人的美貌征服。我把她拉进怀里，与她寻欢作乐。等到我从她身上夺走了那珍贵得无法形容的宝物——"理想"，我就轻蔑地把她赶出去了。这时我吹了声口哨，上帝现身了。我大喊："什么？连你也在？"突然，我醒了过来，发觉自己浑身都是汗，我很庆幸这只是一场噩梦。上帝啊，我大概还梦想着有朝一日自己能成为什么样的大人物。梦里的一切都如此接近疯狂的边缘。要是把这些告诉克劳斯，他一定会瞪大眼睛看着我。

我们向那位小姐表达崇拜的方式其实很滑稽。但是呢，至少我本人并不反对这种滑稽，这么做自有其迷人之处。课总是八点开始。八点差十分，我们这些学生就已经坐在自己的位子上了，满怀兴奋与期待，一动不动地盯着那扇门，那里马上就会出现我们老师的身影。像这样提前表达敬意的做法，也清清楚楚地写在我们的规章制度里。竖起耳朵注意着门口的动静，在第一时间察觉老师的到来，这就是我们要遵守的准则。我们这些学生就得像十足的傻小子一样，在十分钟里随时准备从座位上站起身来。所有这些细碎的要求确实颇为可笑，有那么些伤人自尊的意味，但我们不应该关心我们个人的荣誉，而应该以本雅门塔学校的荣誉为重，这恐怕才是最正确的。一个学徒生有什么荣誉可言？根本无从谈起。我们的荣誉，充其量就是好好接受管束，忍受折磨。对学徒生来说，受到严格的训练就是光荣的，这是明摆着的。我们确实也不会表现出一丝一毫的反抗。我们根本不会朝那个方向去想。总的来说，我们就没有多少想法。我大概算是其中想法最多的了，很有可能，但说到底，我对自己的全部思考能力不屑一顾。我重视的是经验，它们通常完全独立于任何思考和比较。所以我更看重行为，比如怎样推开一扇门。比起通过提问来寻找答案，不如从开门这个动作的背后去发现隐秘的生活。其实任何事情都会鼓励人去提问、去比较、去回忆。人免不了思考，甚至得考虑很多事情。但比起思考，顺应才是更加正派的做法。人一旦思考，就会抗拒，这就非常糟糕了，因为事情就是这样搞砸的。思想家要是知道他们败坏了多少东西就好了。一个刻意不去思考的人才会真的做些什么，是这样，这才是必要的。世界上有数以万计的头脑正毫无必要地工作着。这是和天上的太阳一样确凿的事实。人类就这样在探讨、理解、知晓的过程中，失去了活下去的乐趣。拿我们自己来打个比方，如果一个本雅门塔学校的学生对自己的恭顺有礼一无所知，那么他就是恭顺有礼的。如果他对此有了意识，那么他所有无意识的优雅和礼貌就荡然无存了，他迟早会犯错。我喜欢飞快地冲下楼梯。瞧我说的这一大堆废话。

　　富得恰到好处，把人情世事安排得妥妥当当，确实是美事一桩。我去过我哥哥约翰的公寓，不得不说，我没想到它竟如此惬意。完全是冯·贡腾家的传统风格。仅是那柔软的暗蓝色满铺地毯，就足以令我过目难忘。房间里处处体现着品位，但丝毫不显得张扬，只显出主人在选择上的笃定和精心。家具的摆放十分优雅，客人一踏进公寓，它们就致以彬彬有礼、含情脉脉的问候。墙上镶嵌了好几面镜子，有一面甚至从地板一直延伸到了天花板。再看一样样的物件，老而不旧，雅而不寡，贵而不奢。这些房间处处透着温暖和周到，叫人好不自在。挂着的镜子、放得恰到好处的弧形小靠榻，都彰显了主人的洒脱与细心。我要是看不明白这一点，就不是冯·贡腾家的人了。公寓的每个角落都十分洁净，纤尘不染，但并没有反射出刺眼的光亮，而是用一种平和又明快的神色注视着来人。没有哪样东西是特别引人注意的，只是这不可分割的整体，传达出了这样一种意蕴丰富、充满爱意的氛围。一只漂亮的黑猫躺在深红色的毛绒扶手椅里，仿佛舒适自在长出了乌黑而柔软的实体，嵌在了殷红的底色中。真是赏心悦目。如果我是画家，我很乐意把这幅动物画中透出的安恬惬意描绘出来。哥哥待我非常友好，我们面对面站着，像两个分寸拿捏得恰到好处的社交高手，在游刃有余的举止中体味着乐趣。我们谈天说地。一只又高又瘦、雪一样白的狗蹦跳着跑了过来，步伐优雅而欢快。没错，我当然伸手抚摸了它几下。约翰的公寓美得毫无破绽。他满怀热爱、费尽心思地从古董商的店铺里搜寻来每样物件，最终把宜居和优雅同时发挥到了极致。他懂得如何借助简单的物品，在低调内敛的边界内创造出尽善尽美，他在自己的公寓里，把舒适、实用与美观、高雅融汇成了一幅描绘雅居的油画。我们坐下不多久，一个年轻女子出现在房间里，约翰把我介绍给了她。我们一起喝了茶，心情十分舒畅。黑猫喵喵叫着要喝牛奶，漂亮的大狗想尝尝茶几上的糕点，它们的愿望当然也都得到了满足。天色渐晚，我得回家了。

在本雅门塔学校，能学会感受挫败和承受挫败，在我看来，这是一种能力，一种锻炼，没经历过它的人，无论多么了不起，都只是个大孩子，还停留在爱哭爱闹的阶段。我们这些学生一无所求，没错，在内心怀抱对生活的希望，这是严令禁止的，不过我们确实个个平静又快活。怎么做到的呢？是感觉到有守护天使在我们那梳得光溜溜的脑袋上来回飘荡吗？我说不上来。也许是狭隘让我们快活无忧。有可能。那我们内心的轻松愉快和鲜活生气，就因此而贬值了吗？我们到底蠢不蠢呢？我们浑身发颤，充满活力和干劲。我们自觉或不自觉地在许多事情上都留了些心思，我们也会在这件事或那件事上动脑筋。我们向各个方向伸出感知的触角，留心观察，收集经验。我们可以从很多东西里获得安慰，因为总的来说我们是很积极、很有追求的人，而且我们还不把自己看得非常重要。一个自视甚高的人，免不了会遭受打击和贬低，因为自我意识强烈的人总会遇到一些与清醒意识为敌的东西。然而，我们这些学生并不是没有尊严，只是我们的尊严非常灵活、非常小巧，可弯折，能顺应，我们根据需求，想拿起就拿起，想放下就放下。我们到底是一种高度发达的文化的产物，还是没有被文化沾染过的自然之子？我也给不了答案。只有一点我是确定的：我们在等待！这就是我们的价值所在。是的，我们随时待命，我们仿佛竖起耳朵留心着外面的生活，倾听着那片被称作世界的平原，倾听着外面那孕育着风暴的大海。另外，富克斯已经离校了。这点真让我开心。我根本就不知道该怎么和这个人打交道。

　　我和本雅门塔先生聊过了，确切地说，是他找我谈了话。"雅各布，"他对我说，"告诉我，你不觉得你在这里过的日子非常刻板乏味吗？不是吗？我想知道你的想法。说吧，不用顾虑。"——我并不想开口，倒不是出于固执，我身上早就没有固执的影子了。我保持着沉默，可就算我开口，大约也只会说："先生，请允许我保持沉默。对于这样的问题，我免不了会说出些不得体的话。"——本雅门塔先生仔细打量着我，我相信他能理解我的沉默。果真如此，他突然笑了笑，说道："雅各布，你一定感到很奇怪，我们为什么在本雅门塔学校里这样无精打采又心不在焉地挨日子。对吗？你注意到了是吧？不过我不想诱导你说出什么荒唐的答案。雅各布，首先我承认，听着，我把你看成一个聪明正派的年轻人。好了，来吧，大胆一点。我还得向你坦白一件事：我，你的校长，始终对你怀着一番好意。还有第三点：我对你产生了一种奇怪的、非常独特的偏爱，而且眼下它已经脱离了我的控制。听到这些话，你是不是觉得自己可以在我面前放肆了，雅各布？是这样吗，小伙子？我在你面前暴露了弱点，你是不是就敢不把我放在眼里了？你现在会违抗我的话了是吗？是这样吗？说，是不是？"——我们俩，一个大胡子的男人和一个乳臭未干的男孩，四目相对，仿佛正进行着一场内心的较量。我差点张开嘴，漏出一些低三下四的话，还好我控制住了自己，守住了沉默。这时我注意到，那位巨人般的校长正轻轻地发着颤。从这一刻起，我们之间就有了某种联结，我感觉到了，没错，这不仅仅是一种感觉，我敢确定这就是事实。"本雅门塔先生没有看低我。"我对自己说。这个发现像一道从天而降的闪电，让我一下子领悟到：保持沉默，我做对了，这是一个称得上明智的决定。哪怕我说漏嘴一个字，事情就会变糟。一句话就能把我打回成一个微不足道的小学徒生，而我刚刚已经攀上了不属于寄宿生的人生高度。我深切地感受到，那一刻我的做法是正确的。校长走到我跟前，对我说："雅各布，你身上有一些了不起的东西。"——他停顿了一下，我立刻就猜透了他的心思。他无疑是想看看我的反应。所以我没有让自己脸上的任何一块肌肉有丝毫松动，而是直视前方，好像什么都没有想。随后我们又对视了片刻。我严厉而无情地看着我的校长先生，装出一副冷淡且敷衍的样子，其实我高兴得想当着他的面放声大笑。与此同时我也看出来了，他对我的态度相当满意。最后他说："我的孩子，回去干活吧。去忙自己的事情吧，或者去和克劳斯聊聊天。去吧。"——我习惯性地深鞠一躬，随后走出了办公室。我在外面的走廊里停下脚步，贴着钥匙孔偷听办公室里的动静，和之前的每次都一样，这已经成了一种习惯。但里面一片寂静。我不禁心满意足地轻声笑起来，一个劲儿地傻笑。然后我走进了教室，看到克劳斯坐在半明半暗之中，仿佛被包裹在流动着的浅棕色光线里。我在他身后站了很久，因为有些事情我始终想不明白。我感觉自己似乎回到了家里。不，我仿佛回到了出生之前，还浸泡在一片羊水之中。我浑身发热，眼前像海水漫过一般混沌。我走到克劳斯身边，对他说了一句："克劳斯，我喜欢你。"他愤怒地嘀咕了一句：这是什么无聊的玩笑。随后我飞快地跑回了自己的宿舍。——现在算什么呢？我们是朋友了吗？本雅门塔先生和我能算作朋友吗？不管怎么说，我们俩之间有了某种关系，但那是什么样的关系呢？我努力控制着自己，不去寻求什么解释。我要继续保持内心的明快、轻松和愉悦。别再胡思乱想了。

我一直没有得到差事。本雅门塔先生告诉我，他正在想办法。他用一种主宰者的生硬口吻谈起这件事，然后加了一句："怎么了？没耐心了？都会有的。等着吧！"学生之间已经传开了，说克劳斯很快就会离校。离校，这是一个非常事务性的、有些滑稽的表达。克劳斯马上就要走了？希望这只是没有根据的谣言，只是学校里的八卦。在我们这些寄宿生中间，也难免会流传些凭空捏造的小报传闻。世界上的哪个人群都大同小异。另外，我又去哥哥约翰·冯·贡腾那里跑了一趟，他倒是没什么顾忌，带我见了很多人。我与那些富人同桌吃了饭，我永远不会忘记当时自己待人接物的一举一动。我穿了一件陈旧但不失隆重的礼服外套。这样的衣服会让人显得老成，身份也随之有了分量。我仿佛变成了一位年收入两万马克的绅士，这还是往少里说的。我与他们谈天说地，女士们也投来笑盈盈的目光。不过，要是知道了我的真实身份，前一刻还跟我相谈甚欢的人马上就会转身离开，要是我坦白自己只是个寄宿学校的学生，那些用目光给了我勇气的女士，也只会对我不屑一顾。我没想到自己会如此胃口大开，与不认识的富人们坐在一张桌子上，我竟能这样放松地大吃大喝。我看他们每个人都是这样做的，然后凭借我的天赋，也照着样子学起来。多么可耻的行为。身处这样的社交圈，显出一副欢天喜地大快朵颐的样子，还是让我隐约感到有些羞耻。我没怎么留意优雅的礼仪。我倒是发现，自己这副（在我看来）放肆过了头的样子，在他们眼中竟成了男孩子腼腆的表现。在这样的社交场合，约翰总是游刃有余。他有一种轻松闲适的气质，就像那种有些了不起，也知道自己了不起的人。看着他的一举一动，你会感到神清气爽。我是不是把约翰赞美得过分了？噢，没有。我绝对没有爱上我的哥哥，但我想要全面地看待他，而不仅仅是看到他的某一面。不过也许这就是爱了。怎么说都行，我不介意。在剧院里的经历也很美妙，但我就不展开细说了。这一切过去之后，那件精美的礼服外套又被我脱了下来。哎呀，披这样一身衣服，扮成被人高看一眼的绅士招摇过市，确实是桩美事。是的，满场乱飞！没错。在一群文人雅士之中叽叽喳喳，嗡嗡飞舞。然后我蹑手蹑脚地回到学校，换回了我的学生制服。我还是喜欢待在这里，我有这样的感觉，等我以后成为某个大人物了，或许还会傻乎乎地怀念起本雅门塔。不过，我永远、永远也不会成为什么大人物，我一早就对此确信无疑，而从这种预知中获得的特殊的满足感让我激动得发颤。有一天我会遭受打击，真正毁灭性的打击，然后所有的一切，这些困惑、渴望、无知、感激和忘恩负义、谎言和自欺欺人、"以为自己知道"和"其实从来一无所知"，就都尘埃落定了。但我并不想去死，不论以什么样的方式，活着就好。

　　我碰到了一件让人百思不得其解的事情。当然，也许这并不意味着什么，我本身就不怎么在意那些怪力乱神。当时已经快入夜了，我一个人坐在教室里。突然，本雅门塔小姐站在了我的身后。我没有听到她是怎么进来的，她一定是极其轻柔地打开了门。她问我在那里做什么，但从她的语气听起来，这个问题并不需要我回答。她提问的时候，仿佛就已经告诉我，她心中早有了答案，我的回答显然是多余的。她伸手扶住我的肩膀，仿佛她很疲惫，需要找个依靠。在那一刻，我真切地感受到，我属于她。属于她？真的吗？——是的，我与她就是不可分割的一个整体。我一向不太信任自己的感觉，但现在我切切实实地感受到，我几乎属于这位小姐，我们是一体的。当然，我们是不一样的人。只是在那一瞬间，我们之间的距离仿佛消失了。但差异永远在那里。一旦它们不再明显，甚至难以察觉，就会让我十分不自在。意识到本雅门塔小姐和我是两个截然不同的人，对我来说是一件乐事。况且我鄙视自欺欺人的行为。名不副实的荣誉和优势，在我眼里就是我的敌人。总之，我们之间是存在着天壤之别的。那么，它究竟是什么呢？有些差异是我怎么也迈不过去的吗？就在这时，这位小姐忽然开口了："跟我来。站起来，过来。我想给你看些东西。"——我们一起走了出去。在我们眼前，至少在我眼前（她的眼前或许是另一番景象），一切都被包裹在深不可测的黑暗中。"这就是所谓的内室了。"我暗自思忖，是的，我猜得没错。我亲爱的老师似乎下定了决心，要向我展示迄今为止始终隐藏着的另一个世界。我深吸了一口气。

起初，周围一片黑暗。那位小姐拉着我的手，和善地对我说："你看，雅各布，你会被一片黑暗包围。接着会有人牵起你的手。这会让你欣喜不已，内心第一次充盈着如此深切的感激之情。不要垂头丧气。光明马上就要到来了。"——她话音刚落，迎面就射来一道耀眼的白光，一扇大门出现在我们前方。我们朝大门走去，她走在前面，我紧跟在她身后，先后穿过洞开的大门，踏进了辉煌的灯火。我从未见过如此光彩夺目、意蕴丰富的景象，浑身顿时麻痹了一般动弹不得。那位小姐微笑着开口，态度比刚才还要亲切："光是不是照得你睁不开眼睛？试着让自己适应它。这些光代表欢乐，你必须学会去感受它、承受它。你也可以把它想象成未来的幸福。不过，你看，发生了什么？它正在消退。光黯淡下去了。所以，雅各布，你拥有的幸福不会长久。我的直率刺痛你了吗？有吗？继续往前走吧。我们得抓紧点，你还会穿越好些令人战栗的奇异景象呢。告诉我，雅各布，你明白我的话了吗？不过别出声。你不能在这里说话。你是不是觉得我是个女巫？不，我不是女巫。当然啦，略施一些诱惑人的小法术是不成问题的，这不是每个女孩都会的吗？好了，来吧。"——说完这些话，那位可敬的小姐就把手伸向了地板上的一扇活动门，我不由自主地上前帮忙，随后我们一起走了下去。她领我踏进一个很深的地窖。我们走完了所有的石阶，终于踩在了潮湿柔软的土地上。我感觉我们仿佛已经到了地球的中心，如此深邃，如此孤独。我们沿着一条昏暗狭长的走廊前行，本雅门塔小姐说："我们此刻正走在贫穷与困乏的拱顶走廊上，而你，亲爱的雅各布，既然你可能一生都摆脱不了贫穷，所以现在就该尝试一下，适应眼前的这片黑暗和那弥漫着的阴冷刺鼻的气味。不要惊慌，不要生气。上帝与你同在，上帝是无处不在的。有些事情逃避不了，那就得学会喜爱它、维护它。去亲吻这地窖的潮湿地面吧，听我的劝，去吧。这就是一张感官上的证明，你可以借此向着困苦和阴暗表达你自觉自愿的臣服，毕竟你未来的生活主要就是由这两样东西构成的。"——我听从了她的话，趴在冰冷的地面上，狂热地亲吻起来，一种难以形容的冰冷又滚烫的战栗穿过我全身。随后我们继续往前走。啊，这一条条代表着必经的痛苦和可怕的困乏的走廊仿佛无穷无尽，也许事实就是如此。走在其中的每一秒都如同一个人生阶段，每一分钟都和一个苦难的世纪一样漫长。够了，终于，我们触到了一堵荒凉的墙，那位小姐说："去吧，轻轻抚摸这面墙。这是'忧虑之墙'。它会永远矗立在你眼前，一味地恨它，是不明智的。噢，我们必须试着去感化那些顽固不化、不可调和的东西。去吧，试试看。"——我快步朝那堵墙走去，仿佛因满怀激情而急不可耐，然后直接扑倒在它的胸口。是的，扑进那石头的胸口，好声好气地对着它说起话来，几乎有些嬉皮笑脸。然而它，正如我所料，完全不为所动。我演得这么夸张，当然是为了取悦我的老师，但从另一方面看，我所做的其实根本不是演戏。不过我们两个，她，我的老师，以及我，她那不成熟的学生，都笑了起来。"来吧，"她说，"现在该给自己一点自由了，让我们活动一下。"——

说完，她就用那根我无比熟悉的女主人教鞭，那根短小的白色教鞭，在石壁上轻点了一下。阴森的地窖整个儿消失不见了，我们置身于一条光滑而畅通无阻的细长道路上，它像是冰砌起来的，又像是玻璃打造的。我们在道路上滑翔起来，仿佛脚蹬奇妙的溜冰鞋，同时我们也在舞蹈，因为道路在我们脚下起起伏伏，就像波浪一样。简直令人陶醉。我从来没有见过这样的景象，欣喜得叫喊起来："太美妙了。"——我们头顶上方，黯淡的天空奇异地呈现出一片淡蓝色，群星在上面闪烁，月亮散发出超越尘世的光辉，凝视着我们这两个滑冰的人。"这就是自由，"我的老师说，"这是一种冬天般凛冽的东西，是人消受不了多久的东西。你一刻也不能停息，就像我们现在这样，你必须在自由中舞蹈。自由是一种冰冷又美好的东西。千万不要爱上它，那样的话，之后你就会痛苦不堪，因为在自由的领地上，你只能逗留片刻，不可能长久。我们在这里已经待得有些太久了。看，我们滑翔而过的那条完美道路已经开始慢慢融化。睁大眼睛，你现在就会眼看着自由是如何死去的。这样让人心头沉重的景象，你在以后的人生里还会见到很多次。"——她话音刚落，我们就从刚刚攀登上的欢愉的顶峰，跌落进一片疲惫与舒适之中。我眼前出现一个小卧室，充满了精心营造的安逸氛围，散发着白日梦的芬芳，装饰着各种逸乐的布景和图片。这正是一间让人感到无比惬意的高雅居室。我在梦境里描绘了无数遍的真正的内室。现在，我终于身处其中了。音乐像飘雪一样沿着彩色的墙壁纷纷扬扬撒落下来，演奏出的音符一个个清晰可见，构成了一场神奇的漫天飞雪。"你可以在这里休息了，"那位小姐说，"你自己决定在这里待多长时间。"——这奇怪的话让我们俩都笑了起来。尽管有一种说不出的轻柔的忧惧爬上了我心头，我还是毫不犹豫地在这个逸乐之所中躺了下来，舒舒服服地躺在了我面前的一块地毯上。一支散发着异香的烟从天而降，落进了我不由自主张开的嘴里，我便吸了起来。一本小说嗖的一声飞过来，正巧撞进我的手里，我便专心致志地翻阅起来。"这不是给你的。不要读这样的书。站起来。还是过来吧。软绵绵的东西会把你引向轻率和残忍。你听到滚滚而来的暴怒雷声了吗？这便是灾祸。你已经在内室里享受到了安宁。灾祸马上就会像瓢泼大雨一样浇在你身上，你会被怀疑和不安淋得全身湿透。来吧。一个人必须勇敢地面对不可避免的事情。"——老师的话还没说完，我就已经在令人难以忍受的黏稠的怀疑之流中艰难游动了。我彻底失去了勇气，甚至不敢环顾四周，看看那位小姐是否还在我身边。不在了，我的老师，制造了所有这些幻象和情景的女巫，已经走了。只剩我一个人在水中沉浮。我想要呼喊，但水灌进了我嘴里。噢，这就是灾祸。我哭了起来，为自己沉溺于放纵的逸乐而后悔万分。突然间，我回到了本雅门塔学校昏暗的教室里，本雅门塔小姐仍然站在我身后。她抚摸着我的脸颊，却不像是安慰我，而是在安慰她自己。"她很痛苦。"我心想。这时，克劳斯、沙赫特和席林斯基一块儿从外面回来了。那位小姐立刻把手从我脸上收了回去，转身走进厨房，准备晚餐去了。我是在做梦吗？可现在才到吃晚饭的时间，我为什么要问自己这样的问题？有时候我真的满脑子只想着吃饭。再粗制滥造的食物我也咽得下去，就像个吃不饱饭的手艺学徒，生活在童话里，不再是文明时代的文明人。

我们的体操课和舞蹈课有时候很能逗人开心。非要显示自己身手灵巧，显然是有一定风险的。出洋相就是家常便饭。当然，我们寄宿生之间并不会互相嘲笑。真的吗？噢，其实也不是。不允许用嘴笑的话，还可以用耳朵来笑。凭借眼睛当然也是可以的。眼睛特别容易流露笑意。给眼睛立规矩，也不是不可能，但总是要困难一些。比方说，我们这里是不允许对着别人挤眉弄眼的，这个动作意味着嘲讽，所以理应禁止。但人免不了要眨眼睛，彻底压制自然本性是行不通的。好吧，或许也可以。然而你以为你已经完全摆脱了天性，其实它在你身上还是会残留一口气、一撮渣，并且总能想方设法让人看到。比如那个长条儿彼得，他就很难戒除自身本性里的一些东西。轮到他用优美的舞动来展现自身优雅的时候，他就完全变成了一根木头。对彼得来说，木就是自然赋予他的禀性，可以说是上帝的馈赠了。噢，你说看到这样一段木头，一段长成瘦高个儿的人形木头，我们怎么忍得住笑？我们只得把大笑憋在胸腔里。而一阵大笑是与一块木头截然相反的东西，大笑是助燃的，它能在一个人的身体里擦燃火柴，火柴吱吱作响，就像是压抑的笑声。我非常喜欢把大笑闷在身体里，不让它泄露出去。眼看就要喷薄而出，却得不到释放，就会把你的心挠得发痒。这种不允许出现的、必须压制在我身体里的东西，偏偏叫我喜欢。它们遇到阻碍就会变得十分折磨人，同时却变得更有价值了。好了，我承认，我就是喜欢受到压抑，虽说……不，这次没有"虽说"。这位"虽说"，走好不送。我想说的是：禁止一个人做这件事，那他就会在另一件事上双倍奉还。可有可无、草率廉价的允许是最乏味的。什么东西我都想争取，什么样的经历我都想拥有，就连大笑这种事，也是值得透彻地体验一把的。只有当笑声快要把我的胸腔胀破时，只有当我不知该把这些嘤嘤作响的粉末往哪里倾倒才好时，我才能真正了解，大笑究竟是什么，这个时候我才能笑得最开怀，我才能对这个让我浑身颤抖的东西有一个完整的想象。所以我得出了这样的结论，并且对此深信不疑：规章制度为生活镀上了一层银，甚至是一层金，总而言之让它变得更加迷人。不只是被禁止的大笑更有感染力，几乎所有事物、所有需求和冲动也都一样。禁止哭泣，便是放大了哭声。缺乏爱，没错，那就是深爱。如果对我来说不应该爱，那我就十倍地去爱。被禁止的一切，成百倍地存在，只有应该死去的东西才能活，才能更有生气地活。小处如此，大处亦然。你看这说得多好，多么平实的话语，而真正的真理就藏在日常的事物中。我又开始胡扯了，是吧？我承认我有点儿啰唆，总得说些什么把这一行行填满吧。禁止采食的果子是多么诱人啊，太诱人了。

就在我和本雅门塔先生之间，或许正悬着一颗禁果，我们两人都看见了。但我们谁都没有表露自己的心迹。我们退缩了，对坦诚的话语唯恐避之不及，不过我们还能怎么做呢？就拿我来说，友善的对待并不一定讨我喜欢。我说的是一般情况，没有特指什么人。某些对我有好感的人，甚至令我相当厌恶，这一点我已经强调过不止一次了。当然，我也欣赏温和宽厚、亲切真挚的态度。哪会有一味憎恶所有亲密和热情的野蛮之人呢？但我总是小心提防着，不让自己跟别人过于亲近。我不确定，我感觉自己天生就有一种能力，可以不动声色地阻止别人轻率地向我靠拢，至少我相信，我不会让别人神不知鬼不觉地轻易赢得我的信任。我珍视自己的热情，我把它看得无比珍贵，任何想得到它的人都得格外小心，校长先生也不例外。这位本雅门塔先生似乎想得到我的真心，同我结下友谊。我暂时还是以一副不温不火的态度对待他，谁知道呢？我可能对他根本就没有丝毫兴趣。

"你还年轻，"校长先生对我说，"你面前的生活充满希望。等等，让我想想，是不是有什么我忘了说的？你知道的，雅各布，我有太多事情要告诉你，反而容易忘记最美好、最深刻的部分。我的记忆正在老去，而你，就是一段美好又新鲜的记忆。我的头脑，也在慢慢死去，雅各布。如果我这么说话显得太软弱太亲密，那请你原谅。说来也真好笑。我在请求你的原谅，但我大可以痛揍你一顿，只要我觉得有必要。你那双年轻的眼睛注视着我，目光多么冷硬。哎，哎，我完全可以一把拎起你，把你砸在那面墙上，让你头晕目眩，什么也听不见什么也看不见。但在你面前，我亲手解除了自己的所有权威，我也不知道为什么会这样。你或许在暗暗嘲笑我。那我还是小声提醒你一句：小心为妙。你得知道，野蛮和残忍控制着我的身体，一旦我失去所有的意识，就再也管束不了自己了。噢，我的小家伙，别，不用害怕。我绝对不会伤害你，完全没有这种可能。说说看，我刚才还想问你什么来着？告诉我，你对我就没有一点点害怕吗？你还年轻，充满了希望，你或许很快就会找到一个合适的岗位。不是吗？是啊，就是这个原因。是啊，就是这点，让我感到非常可惜。因为你想想，有的时候，对我来说，你就像我的小弟弟或者其他什么天然与我息息相关的人，你身上的一切都让我觉得亲近，你做的手势，你说的话，你说话时的嘴，一切的一切。我就是一个被废黜的国王。你笑了？你知道吗，听我说到被废黜的国王，被剥夺了宝座的国王，你的脸上就闪过一个微笑，一个调皮的微笑，我觉得特别有趣。你有头脑，雅各布。噢，和你在一起，可以很畅快地聊天。看到你，我就心口发痒似的，忍不住要表现得比平时更脆弱更心软一些。是的，你简直是在教唆人疏忽大意，引人懈怠，诱人放弃尊严。大家都相信你有高贵的秉性，你觉得呢？所以他们很容易在你面前不受控制地吐露心声，沉迷于详细又痛快的自我剖析，我作为你的主人也不例外。但如果我愿意，我可以把你捏个粉碎，我可怜的小虫子。把你的手给我。好了，让我来告诉你，你已经知道如何从我这里赢得尊重了。

我非常看重你，而且不介意亲口告诉你，现在我有一个请求：你想成为我的朋友吗，我的小知己？我请求你，成为我的朋友吧。不过我会给你时间考虑的，你现在可以走了。请吧，走吧，让我一个人待着。"——校长先生对我说了这样一番话，实际上，正如他自己所说，这个人可以随心所欲地把我捏得粉碎。我不再向他鞠躬了，这会伤了他的心。他说的被废黜的国王究竟是什么意思呢？我得好好思索一下这整件事，不能像他说的那样轻易放过，不过在表面上，我还是会维持原来的样子。不管怎么说，我得多加小心。他不是还提到了野蛮和残忍吗？好吧，我得承认，这听得人心里发堵。被推到墙上碾成碎片，我可不想享受这样的待遇。我该把这些告诉那位小姐吗？噢，胡扯，当然不行。把稀奇古怪的事藏在自己肚子里，这点勇气我还是有的。我也有足够的头脑，能一个人处理这些可疑的事情。也许本雅门塔先生已经疯了。但不管怎么说，他都是一头狮子，而我就是一只老鼠。看来，有趣的新情况已经在学校里潜滋暗长，只是不能对任何人说。有时候只要守住秘密，事情就大功告成了。这一切都是瞎胡闹。就这样吧。

　　有时候，我可真能胡思乱想！想象的内容近乎荒诞。一眨眼工夫，不等我拦着自己，我就成了战场上的一名将领，那是在公元 1400 年前后，不，稍晚一点，大约到了米兰战争的时候。我和我的同僚们大摆宴席，庆祝一场战斗的胜利，要不了几天，我们的威名就会传遍整个欧洲。我们饮酒作乐，甚是欢畅。我们的宴席没有摆在房间里，而是在空旷的田地上。夕阳正在我眼前落下，我的一个眼神通常就意味着冲锋陷阵和大获全胜。就在这时，有人被押到了我面前，一个可怜鬼，一个落网的叛徒。这个不幸的人浑身颤抖地盯着地面，或许是意识到自己没有资格直视指挥官。我漫不经心地扫了他一眼，又同样轻快地瞥了一眼把他带来的人，然后便心无旁骛地端起了面前的一整杯红酒。这三个动作代表的命令就是："去吧。吊死他。"众人立刻将他抓住。这个可鄙的家伙绝望地惨叫起来，简直像是已经被一千道恐怖的刑罚撕成了碎片。我的耳朵久经沙场，什么样的声响没有听过，我的眼睛也见惯了悲惨可怕的景象。然而，奇怪得很，眼前的这一幕竟让我难以忍受。我又转过身来，看了一眼那个该死的家伙，随后向我的士兵们挥了挥手。"让他走。"我简短地命令道，酒杯还停在唇边。紧接着便出现了既触动人心又令人厌恶的一幕。那个被我饶过一命的人，那个捡回了一条命的罪犯和叛徒，发了疯似的扑在我的脚下，亲吻我鞋面上的尘土。厌恶和恐惧向我的心头袭来，我一脚踢开了他。权力在我的手里，就像被暴风逗弄的树叶，此刻它却让我感到了几分尴尬。我干笑几声，命令那个人赶紧离开。他几乎失去了理智，眼里和嘴里同时迸发出一种兽性的狂喜。他含糊不清地道谢，一再道谢，然后连滚带爬地走了。我们又一头扎进了放纵的豪酌狂欢，直到深夜。次日清晨，我们还没离开餐桌，教皇的特使便已到访。我态度威严、姿态尊贵地接待了来客，几乎藏不住脸上的笑意。我是英雄，是当今的主人，半个欧洲的和平取决于我的心情，取决于我是否满意。但在那些圆滑老辣的先生面前，我假扮蠢人，假充善人。我乐意这么做，我有些倦了，渴望回到故乡。我不在乎把从战争中获得的利益再次拱手让人。后来我当然获得了贵族称号，也成了婚，再后来，我就沦落到了如今这般地步，一点也不为在本雅门塔学校做一个卑微的学徒生而感到尴尬，也没有耻于和克劳斯、沙赫特、汉斯和席林斯基这样的人做同学。把我赤身裸体地扔到寒冷的大街上去好了，也许我就会把自己想象成无所不能的上帝。好了，我该搁下手里的笔了。

对于像我们这些寄宿生一样卑微的人物来说，没有什么东西是滑稽的。没有尊严的人容易把什么都太当真，同时又满不在乎，态度近乎轻浮。我们的舞蹈课、形象课和体操课，在我眼里就像是公共生活本身，广阔而重要。在我眼前，学校的教室变成了高朋满座的客厅、车水马龙的街道、一座有着古老长廊的城堡、官员的办公室、学者的书房、女士的会客室，根据不同的情况，它可以变成任何地方。我们的功课就是走进去、问候、鞠躬、交谈、处理假想的生意、执行各种任务。一转眼，我们又坐在了餐桌边，演示起大都市里流行的礼节，还有仆人在一旁为我们服务。沙赫特，或者甚至是克劳斯，扮演一位极为高贵的女士，我的职责就是为她解闷。我们都成了殷勤的骑士，尤其是长条儿彼得，反正他向来觉得自己是个骑士。然后我们开始跳舞，一颠一颠地四处乱转，老师带着笑意的目光会追随我们的身影。突然间，我们又跑去救助伤员，有人在大街上被车轧伤了。我们还会向假扮的乞丐施舍一些小恩小惠，写信，对着仆人大喊大叫，出席会议，去说法语的地方游览，练习脱帽的动作，谈论狩猎、金融和艺术，恭顺地亲吻女士们优雅地伸到我们面前的五根漂亮手指，以此博取她们的好感，像浪子一样四处闲逛，啜饮咖啡，在勃艮第品尝火腿，在假想的床上睡觉，又假装第二天起得很早，然后说："您好，法官先生。"我们还扭打在一起，这也是生活中经常发生的，我们不会放过生活中可能出现的任何场景。在我们对这一番胡闹感到厌倦的时候，本雅门塔小姐就会用她的教鞭敲击讲台的边缘，然后说道："起来[1]，继续，小伙子们。继续工作！"——我们又行动起来，像黄蜂一样在房间里飞舞。这样的场面真的很难描述。等到我们再次筋疲力尽时，老师又会喊："怎么了？这么快就厌倦了公共生活吗？快，动起来。生活是什么样，就怎样表演。这很容易，但你们不能显得无精打采，那样生活就会把你们压垮。"——一切又生龙活虎地开始了。我们旅行，我们的仆人在旅途中尽做蠢事。我们坐在图书馆里学习。我们变成士兵，真正的新兵，操练卧倒和射击。我们去商店买东西，去公共游泳池游泳，去教堂祈祷："上帝，不要让我们陷入诱惑。"下一刻，我们就深陷最严重的过错和罪孽之中。"停下吧。今天到此为止。"时间到了，那位小姐就会这样结束我们的课程。然

1　原文为法语。

后，生活便不复存在了，这个被称为人生的梦境就调转了新的方向。之后我一般会去散步半个小时。坐在公园绿地的长凳上休息时，我常常会遇到一个女孩。她好像是个售货员。每次她都转过头来望着我，久久地打量我。她的神情过于迫切。看来她是把我当成了一位有固定月薪的绅士。我看起来确实不错，像个合适的人选。但她还是搞错了，所以我装作什么都没有看到。

时不时地，我们也会演戏，演的是喜剧，但到最后总会沦为一出滑稽闹剧，然后在本雅门塔小姐的示意下匆匆收场。

母亲："我不能把我女儿嫁给您。您太穷了。"

男主角："贫穷并不可耻。"

母亲："胡说八道，满嘴空话。您能让人指望什么？"

痴情少女："妈妈，我怀着对您的所有敬意恳求您，对我深爱的男人说话更客气一些吧。"

母亲："闭嘴。安静！有一天你会感激我如此毫不留情地严厉对待他。先生，您说说看，您实际上是在哪里完成大学学业的？"

男主角（他是波兰人，由席林斯基扮演）："尊敬的夫人，我来自本雅门塔学校。请原谅我言语里的骄傲。"

女儿："噢，妈妈，看看他的表现。举止多么优雅。"

母亲（严厉地）："别提什么举止了。贵族做派早已没人在意了。您，这位先生，请您告诉我，您在巴拿门塔学校学到了什么？"

男主角："请原谅，学校的名称是本雅门塔，不是巴拿门塔。我学到了什么？好吧，我必须承认，我在那里学到的东西相当有限。但如今，成功的秘诀早已不再是积累知识了。您得承认这一点。"

女儿："亲爱的妈妈，您听见了没有？"

母亲："你这孩子，真是说不听，别想着劝我听信这些话，让我把这些胡扯当真。这位英俊的公子，您要是就此消失不见，那就是帮了我一个大忙。"

男主角："瞧他们是怎么对待我的？——好吧，无所谓。告辞，我要走了。"

男主角说完就下场了，诸如此类。我们这些小短剧总是围绕着本雅门塔学校，主角永远是一个寄宿生。他会经历各种曲折又斑驳的命运，祸福并行。他可能在这个世界上取得成就，也可能一败涂地。但剧本的结尾永远是对谦恭服务的赞美与歌颂。幸福在于为他人效劳：这就是我们的戏剧文学宣扬的教益。我们在演戏的时候，那位小姐就扮演起我们的观众。她坐在假想的包厢里，透过望远镜观看台上的表演，观察舞台上的我们。克劳斯真是最差劲的演员，在他身上找不到一点儿这方面的天赋。长条儿彼得绝对是最有演技的。海因里希在舞台上也很迷人。

一想到我在这个世界上总得吃上一口饭，我就有那么点受到侮辱的感觉。我很健康，我会一直保持健康，而且我总能在什么地方派上些用场。我永远不会成为国家和社区的负担。倘若我还是以前的雅各布·冯·贡腾，还自认为是冯·贡腾家族的后裔，一想到我以后会作为一个身份低微的人每天吃着挣来的面包，我就会感觉自己被深深地刺伤。但我已经变了个人，我变成了一个普通人，多亏本雅门塔学校，我才成了一个普通人，这让我的内心汇聚起无法形容的信念，满足的露水亮闪闪地从上面滴落。我丢掉了骄傲，改掉了崇尚荣誉的本性。我还这么年轻，怎么就开始退化了呢？不过，这是本性的退化吗？在某种意义上是的，但换个角度想想，它又是对本性的保留。在生活中的某个角落里被人遗忘、销声匿迹，我倒可能继续做一个更真实、更自豪的贡腾，这要好过攥着家谱不松手，待在家里腐败变质，直到心脏枯萎，最后剩下一堆白骨。好吧，不管怎么样，我做出了选择，也一直没有改变心意。我感到内心有一股奇怪的干劲，想要从根基上去认识生活，我还有一种抑制不住的兴致，总想刺激别人或者招惹什么东西，好让这些人、这些事通通在我面前暴露出真实面目。说到这里，我又想起了本雅门塔先生。但我打算思考点别的事情，算了，我不愿再往下想了。

凭借约翰的好意，我结识了很多人。其中不少是艺术家，看起来都是亲切友好的人。当然了，只是些蜻蜓点水的接触，我还能说得出什么呢。在这个世界上，努力追逐成功的人，其实相似得可怕。他们都戴着同一张面孔。本质上不一样，但看起来又差不多。他们毫无差异地向对方展现出一种稍纵即逝的友好与热情，而我相信，这种友好热情的根源就是纠缠着这些人的恐惧。他们飞快地、走马灯似的接待各种人，处理各种事，这样就可以立刻转身去解决下一批吸引他们的新事物。这些相当优秀的人并不蔑视任何人，但其实呢，或许任何东西都入不了他们的眼，可他们不能表现出来，因为他们害怕一不小心就失之轻率。他们的亲切源自厌世，他们的友好源自恐惧。而且这些人都想着赢得别人的尊重，他们都是骑士。他们看起来总是一副不太自在的样子。把世人的尊敬和世间的荣誉看得太重，还怎么自在得起来呢？而且这些人早已脱离了自然质朴的状态，成了社会属性的人，他们一定时刻顾虑着在自己身后紧追猛赶的后来者。每个人都感觉有个可怕的偷袭者，一个偷偷摸摸的窃贼，身怀崭新的绝技悄悄潜入，只为到处散布中伤和诽谤。所以在这些人的圈子里，新鲜登场的人总是最受追捧、最受偏爱的，要是这个新人在智慧、才华或者天赋上再有几分过人之处，那么那些老人就等着倒霉吧。当然，我这三言两语不够把复杂的情况说清楚。这里面还是有一些特别之处的。在这些受过卓越教育的社交圈里，弥漫着一种显而易见、一目了然的疲倦。它不同于高贵出身带来的那种象征性的厌倦，不，这是一种实实在在、真实存在的疲倦，源自更高层级、更加强烈的感受，一种属于健康的病态之人的疲倦。这些人都受过良好的教育，可他们尊重彼此吗？如果他们诚恳地想一想，就应该对自己在世上的地位心满意足，但他们满意吗？

他们之中也有富翁。我不准备在这里对他们评头论足，因为他们拥有的金钱必然使评判一个人的前提条件变得完全不同。不过不管怎么说，他们都是彬彬有礼的人，在各自的领域里占有一席之地，所以我得感谢我哥哥带我认识了这世界的一角。现在我成了这些圈子里的小冯·贡腾，这样就能和约翰区别开了，他们都叫他大冯·贡腾。这都是玩笑，世人喜欢各种玩笑。我并不喜欢，不过这些都无关紧要。我发觉自己对他们谈论的那个世界关心甚少，而我自己在暗地里定义的世界，却显得那么广阔、迷人。眼下，我哥哥花了各种心思，要把我带进他们的圈子，我自然得尽可能多地从中获取些什么。事实上，在我看来这一切确实也够多了。任何东西，哪怕是最微小的，对我来说都足够丰富。好好认识几个人，就需要一辈子的时间。这不就是本雅门塔学校的基本原则吗？对这个世界来说，本雅门塔的一切是多么格格不入。好了，我要去睡觉了。

我时刻牢记着，自己现在是一个从底层，从最底层开始努力的后生小辈，不具备任何进取向上必需的品质。或许是这样吧。当然一切都有可能，但我并不向往那种光鲜亮丽、佯装幸福的虚荣时刻。一个向上爬的人身上的优点，我一样都没有。有时候，我也会显得相当放肆，但那只是一时兴起。而向上爬的人则始终沉浸在一种伪装成谦虚的狂妄里，也可以说，他们惯常的姿态就是一种透着狂妄的无足轻重。很多向上爬的人愚蠢地紧抓住自己挣来的东西不放。好极了。他们也会紧张、气恼、闷闷不乐，对"所有事情"感到厌倦，但在真正一心向上爬的人身上，厌倦绝不可能根深蒂固。这些进取向上的人都是老爷，我这个冯·贡腾家的后生小辈，就要去侍奉这样一位或许还爱摆阔的老爷，光荣地为他效劳，忠诚、可靠、坚定、不胡思乱想、不计较个人利益地为他服务，因为只有做到这些，只有表现得如此规矩得体，我才具备服务一个人的能力。现在我发现自己已经与克劳斯有了几分相似，我几乎都有些惭愧了。如果你面对世界的态度和我一样，那你就不可能做成任何伟大的事，除非你对着耀眼的伟大发出轻蔑的嘘声，转头把完全灰暗、喑哑、冷酷和低贱的东西称为伟大。总之，我会去为他人效劳，我会一次又一次地承担起托付给我的任务，尽管履行这样的义务不会为自己增添一丝光彩。有谁漫不经心地对我说上一句感谢，我就会傻乎乎地因幸福而红了脸。这很愚蠢，但事实就是如此，我也不会为意识到这样的事实而感到悲伤。我得承认：我从不悲伤，也从不感到寂寞。这同样很愚蠢，因为凭借着泛滥的情感，凭借着被称为呐喊的种种表现，你才能做成最好、最有益处、最有助于飞黄腾达的好买卖。不过，以这种方式获得荣誉和声望，这份辛劳、这样有失体面的努力，我还是算了吧，谢谢。在我家里，在我父亲母亲那儿，处事得体的芬芳简直从每一面墙壁里透出来。当然，这只是一个比喻。总之，我们家称得上格调高雅。又那么明亮。整个家庭的氛围就像一个亲切、和善的笑容。我的妈妈也是如此优雅。好了。所以这个家族的后辈，注定要为他人效劳，在世俗生活里扮演一个不入流的小角色。在我看来，这是再适合不过的了，因为，噢，约翰是怎么说的来着："那些有权势的人，他们才是真正快饿死的人。"——这类话我是不愿意去相信的。我有必要以此获得安慰吗？谁能来安慰雅各布·冯·贡腾这样的人？只要我还四肢健全，那就是不用考虑的。

要是我愿意，要是我明确要求自己，我就可以去崇拜任何东西，哪怕是不堪入目的举止，但前提是它必须闪耀着黄金的光泽。倘若粗野的举止会不断往身后抛撒二十马克金币，那我就会冲它弯腰致敬，直到它的背影离我远去。本雅门塔先生也是这样想的。他说，金钱也好，有利条件也好，都不该遭到鄙视，哪怕它们出自不光彩的手。本雅门塔学校的学徒生就应该尊重这世上的大多数东西，而不是对它们不屑一顾。——让我们换个话题。做体操是我的一大爱好。我热爱这项运动，当然也相当擅长。我也喜欢结交高雅人士，算上做体操，这大概就是世界上最美好的两件事了。舞动身体也好，认识一个令我肃然起敬的人也好，对我来说是一回事。我喜欢去打动那些人，也喜欢活动自己的四肢。光是踢踢腿，就是很愉快的事了！而且做体操也是件荒唐事，没有一点点用处。我特别爱干的事情，注定都是让人一无所获的吗？听！那是什么声音？有人在叫我。我得先把笔搁下了。

"雅各布，你还在真心诚意地努力吗？"本雅门塔小姐问我。已经是傍晚了。一些微红的光不知从什么地方洒落下来，好像绚烂落日的几缕余晖。我们就站在寝室门口。我刚要走进去，打算一个人待着胡思乱想一番，就被那位小姐拦住了去路。"本雅门塔小姐，"我回答，"您是在怀疑我努力的真心和诚意吗？在您尊贵的眼里，我就是一个骗子吗？或者说是一个小丑？"——我在说出这些话的时候，眼神里一定流露出了悲伤。她把美丽的脸庞转向我，说道："上帝啊，绝对没有这样的事。你是个好孩子。虽然性格有些急躁，但你在我眼里是很可爱的，正直又得体，很讨人喜欢。这样的评价你满意了吗？嗯？你每天早上还会把床铺整理得一尘不染吗？没有？你早就不再遵守那些规定了是吗？是这样吗？还是说我想错了？噢，我相信你是一个正派、规矩的人。把再多的赞美之词捧到你面前都不算过分。远远不够。动听的赞美能把铁桶都盛满，想象一下吧，连木桶、水壶都不够装。洋洋洒洒的好话，都是对你品行的肯定，你得用扫帚才能把它们归到一起。好了，雅各布，说真的，听着。我要凑近你的耳朵告诉你。你想听吗？还是打算立刻一头钻进自己的房间？"说吧，尊贵的小姐。我在听。"我回答，内心充满了期待，又十分不安。我感觉到老师的身体突然颤抖起来，但她很快镇定下来，说道："我要走了，雅各布，我要走了。那件事也会随我而去。但我还不能把它都告诉你。也许下一次。好吗？就这样吧，也许是明天，也许是一个礼拜之后。时间是足够的。告诉我，雅各布，你是不是有一点喜欢我？在你的胸膛里，在你年轻的心里，有没有为我留一个位置？"——她站在我面前，愤愤地抿紧嘴唇。我连忙弯下腰，亲吻了她的手，那只手垂在裙袍上，带着一种说不出的惆怅。我陶醉在幸福之中，终于可以把长久以来对她的感情当面说给她听了。"你把我看得很重要吗？"她问我，声音非常尖厉，几乎要在窒息中戛然而止。我说："您怎么能怀疑这一点呢？这太让我伤心了。"——我强忍着眼泪，为此却生出了几分恼怒。我猛地松开她的手，重新摆出恭敬的姿态。她用一种近乎恳求的眼神望着我，然后走开了。——曾经如此专横跋扈的本雅门塔学校，到底经历了怎样的变化！所有东西、各种操练、干活的冲劲，还有那些规矩，仿佛都皱缩成了一团。我生活的这个地方，究竟是一所躺满了死人的房子，还是一栋超越尘世的寻欢之所、幸福之屋？一定发生了什么事，但我还没有抓住真相。

我大着胆子在克劳斯面前对本雅门塔兄妹俩

评头论足。我说，我感觉，围绕着学校的光环发浑、发暗了。我问克劳斯，这到底是怎么回事呢？他是不是知道些什么？——他一听就恼了，说道："好啊，你是不是一肚子这种愚蠢的想象。你脑子里都是些什么念头。你找些活干，找点事做，就不会冒出这种与众不同的想法了。这么爱打听别人的闲事吗？总想着探听别人的意见和看法。赶紧从我眼前消失，我不想再看到你出现在我面前。"——"你什么时候变得这么粗鲁了？"我回了他一句，随后还是识趣地走开了。——白天里，我找了个机会，和本雅门塔小姐聊起了克劳斯。她对我说："是的，克劳斯和其他人完全不一样。他就坐在那里等候，一旦有人需要他，呼喊他，他就立刻行动起来，奔赴召唤。像这样的人并不会得到夸奖、获得重视。没有人会真正赞美克劳斯，也很少有人会对他心存感激。别人只会要求他，做这个做那个。他们甚至不会注意到，自己已经从他那里得到了服务，不会注意到他提供的服务有多么完美。克劳斯本身什么都不是，只有在做事、在执勤的时候，克劳斯才获得了意义，即便如此，他也丝毫不引人注目。拿你打个比方，雅各布，有人会夸赞你，别人在向你示好的时候也会感到快乐。但别人不会为克劳斯准备什么夸赞和好意。雅各布，你比克劳斯可要马虎放肆多了。但你更讨人喜欢。否则我也不会对你说这些，就算说了你也不会明白的。克劳斯很快就要离开我们了。这对我们来说是多大的损失啊，雅各布。这里不会再有克劳斯了，还有谁在这里呢？还有你，是的。这些都是事实，不过你现在生我的气了，是吗？没错，你生气了，因为我很不舍得克劳斯离开。你嫉妒了是吗？"——"不是这样的。克劳斯要离开我们，我对此也深感遗憾。"我故意用一种相当生硬的口吻回答她。克劳斯的离开同样让我非常难过，但我觉得自己应该表现得冷淡一点。后来我试着同克劳斯搭话，但他仍旧一副拒人于千里之外的态度。他闷闷不乐地坐在桌旁，和谁都不说一句话。他也觉察到了这里有些不对劲，但他不会说出来的，他只会对自己说。

我常常感到自己的内心被一种来势汹汹的挫败感填满。这时我就会走到教室中间，干些荒唐的事情，孩子气地胡闹一通。我拿来克劳斯的帽子给自己戴上，或者把一整杯水顶在头上，诸如此类。有时候汉斯也在。我就可以叫上他一起，轮流朝对方头上扔帽子，看谁能顶更长时间不掉下来。克劳斯每次都对我们的游戏嗤之以鼻。沙赫特的差事就干了三天，他又回到了学校，一肚子牢骚，愤怒又痛苦地支吾着各种借口。我不是早就说过，沙赫特在外面的世界是不会好过的。他肯定会在各种职务里、各种岗位上来回折腾，应付不同的任务，但没有哪一处能让他满意。他告诉我们，他被迫卖命地工作，那些狡猾、恶毒、懒惰的大小老爷，一见他来就派给他不公道的差事作弄他，简直是把他按在地上折磨，占尽他的便宜。啊，我相信沙赫特。我心甘情愿地相信，他说的话都千真万确，因为对脆弱敏感的人来说，这个世界就是如此不可理喻地野蛮、专横、无常、残忍。好了，沙赫特暂时又留在这里了。他来的时候，我们多少有些笑话他，这也是免不了的，沙赫特是个毛头小伙儿，不该指望自己享受什么特殊的步骤、好处、处理和考虑。他现在经历的是他的第一次大失所望，我相信他还会一次接一次地经历二十次失望。对某些人来说，遵循严酷法则的生活就是一连串挫折和惊吓构成的恶劣体验。像沙赫特这样的人，生来就要面对自己心中持续的厌恶和反感。他也想轻松地表达赞许和欢迎，可他就是做不到。严苛和冷酷会以十倍的严厉与无情去回报他，他感受到的痛苦也会成倍地加剧。可怜的沙赫特。他是个孩子，他应该沉浸在美妙的旋律中，酣睡在仁慈、温柔和无忧无虑之中。悦耳动听的潺潺水声和啾啾鸟鸣在他周围回响。傍晚天空中洁白、细腻的云朵会载着他升入令人困惑而欣喜的国度："啊，我经历了什么？"——他的手生来就适合轻柔的姿势，绝不适合辛劳的工作。他的面前应该有微风拂过，他的身后应该有甜美友善的低声细语。他的眼睛应该幸福地紧闭着，他应该在温暖逸乐的枕头上醒来，然后再次安然入睡。对他来说确实不存在什么适宜的工作，因为任何职业对他这样的人而言都是过分的、不合适的、违背本性的。和沙赫特相比，我就是一个纯正的粗鲁仆人。啊，他会被压垮的，有一天他会死在医院里，或者会在我们的哪座现代化监狱里日益憔悴，身体和灵魂都慢慢腐烂。现在他躲在教室的角落里抬不起头来，在令人厌恶、面目模糊的未来面前害怕得发抖。那位小姐忧心忡忡地看着他，可她现在被自己心里那些不同寻常的事情占用了过多精力，无暇顾及沙赫特。更何况，她也帮不了他。只有神才有义务、有能力这样做，但哪来那么多神，神只有一位，而且高不可及，爱莫能助。助人一臂之力，给人排忧解难，这些都不适合这位全知全能者，至少我是这么认为的。

本雅门塔小姐现在每天都会和我说上几句话，或是在厨房里，或是在寂静无声、空无一人的教室里。克劳斯仿佛已经准备好了再在学校里待上十年。他不带感情、不厌其烦地学习他的课业，也不是，其实他也有些心烦，不过他看上去向来一副闷闷不乐的样子，这样的表现并不意味着什么。这人天生不懂得鲁莽和急躁。"耐心等待"这几个字，几乎是威严地刻在他那无动于衷的额头上。对了，本雅门塔小姐之前也说过，她说克劳斯身上有某种尊贵和威严，这是真的，在他本性的平平无奇之中有几分看不见的统治者气质。昨天，我大着胆子对我的小姐说："如果有一次，哪怕只是稍纵即逝、仅有的一次，我没有因为全心全意崇拜您而感到束手束脚，而是自信满满地站在您面前，我就会痛恨自己，折磨自己，用绳子把自己吊死，用最致命的毒药把自己毒死，用随便哪把刀割断自己的脖子。不，这绝对不可能，小姐。我永远不会伤害您。只要看到您的双眼。它们对我来说就是命令，就是不可触犯的优美的戒律。不，不，我没有说谎。您在那扇门里的倩影！我在这里从来不需要什么天空，不需要月亮、太阳和群星。您，是的，对我来说，您才是更崇高的存在。我说的是实话，小姐，我相信您能感觉出来，这些话与那些奉承话是多么地不一样。我讨厌所有在前方等待着我的荣华富贵，我也厌恶外面的生活。是的，没错。然而，我很快也不得不像克劳斯一样走出学校，步入可恨的生活。离开了您，我的身体就失去了健康。当我捧起一本书，我读到的就是您，我读的不是那本书，是您。真的，就是这样。我经常表现得很顽劣。好几次惹得您告诫我，不要自高自大，这股傲慢会把我吞噬，会把我埋在难堪的自以为是的瓦砾之下。然后我的傲气一下子就沉了下去，像闪电一样快。因为本雅门塔小姐说的每一句话，我都用心倾听了。您笑了？是的，您的微笑一直是我追求善良、勇敢和真实的动力。您一直待我那么好。对我这样一个偏头偏脑的人来说，实在是太好了。在您的注视下，我身上的许多错误争先恐后地扑倒在您的脚下缴械投降，乞求宽恕。不，我不想走进生活，走进这个世界。我鄙视未来的一切。每次您走进教室，我总是欣喜不已，痛骂自己这颗不开窍的脑袋。我经常想着要从您这里，是的，我必须承认，我暗地里想着要从您身上夺走威严和崇高，但我从自己饱受折磨的脑袋里实在搜刮不出任何可以诋毁、贬低您的字眼，一个字也找不到。而我每次得到的惩罚，总是懊悔和不安。是的，永远，小姐，我只能永远崇拜您。我这样说会惹恼您吗？我，我很高兴，能在您面前说出这些。"——她对我眨眨眼，微微一笑。她嘴上打趣了我几句，却显得心满意足。而且，我看得出来，她在想一些邈远的东西。她的心思已经不在这里了，也正因如此，我才敢这样说出那些话。我会看好自己，不要再做这种事了。

有件事情其实与我无关，但还是引起了我的注意，那就是再也没有任何新生进入学校了。本雅门塔先生作为教育家在这个地方享有的声誉，难道已经逐渐衰落，或者说荡然无存了吗？要真是这样，倒是令人难过。但也有可能只是我过于敏感了。来到这里之后，我的观察力时刻紧绷，同时又总是十分疲劳，这大概就是人们说的神经质了。这里的一切都是那么脆弱，你脚下踩着的仿佛不是坚实的地面，只是一团空气。而时刻意识到这种状态，防备着它，也促成了紧张。很有可能是这样。在这里，你总是等待着什么，这会消耗你的精力。可你又会严令禁止自己去偷听和等待，因为那是不允许的，也需要占用精力。那位年轻的小姐经常站在窗前，久久地向外张望，仿佛她已经生活在了别处。对，这就是了，这就是为什么这里运转着的一切都显得有些病态，显得不那么自然：我们所有人，无论是管理者还是学徒生，几乎都生活在其他地方。我们仿佛只是暂时在这里呼吸、吃饭、睡觉、保持清醒、讲课和听课。而一股摧枯拉朽、毫不留情的力量正呼啸着扇动自己的翅膀。这里的每个人都在偷听未来的动静吗？静候将要发生的事情吗？很有可能。有朝一日，我们这些学徒生都会离校，可新的学生一个也没有出现，接下来会发生什么呢？以后会怎么样呢？本雅门塔兄妹会越来越贫困，然后渐渐被人遗忘吗？我不能想象这样的场景，一想到我就难过得要命。不，绝对不会，不会。绝不能让这样的事发生。可它注定是要发生的。是这样的吗？

　　保持精力充沛，就不该过多思考，而须迅速、平静地投身于分内之事。在雨沐风餐的劳苦奔波中衣衫尽湿，在必不可少的敲打和摩擦中愈发坚实强壮。我讨厌这些听起来充满智慧的陈词滥调。我现在要琢磨一些完全不一样的东西。啊哈，我想到了，和本雅门塔先生有关的。我刚才就在校长办公室。我总是借着找雇主的事去招惹他。这一次我又去问他，事情怎么样了，这一回有指望了没有，诸如此类。他眼看就要发怒。噢，他到现在还是动不动就要发火，我倒每次都是一副无所畏惧的样子。我放开嗓门发问，态度粗鲁，肆无忌惮。校长显得很尴尬，甚至抬手在他的大耳朵后面搔了几下。他的耳朵其实算不上有多大，但既然这个男人身上的任何东西都是不容小觑的，那么他的耳朵也一定不小。最后他走到我面前，面带古怪的和善笑容，说道："雅各布，你是想出去工作？不过我告诉你，你最好留下来。像你这样的人，这里才是更适合你的地方。你不觉得吗？你可以再去犹豫一会儿。我甚至还要劝你，不妨拖拉一些，健忘一些，用不着那么头脑灵活。因为你看，这些被我们称为坏习惯的东西，在人的生活中起着多么重要的作用，那么重要，几乎可以说是必不可少的。如果没有恶习和缺点，这个世界就会缺乏温度，变得不再那么吸引人，不再那么丰富多彩。至少有一半的世界，而且很可能是更美好的那一半，会随着懒惰和软弱的消失而一同死去。所以，偷个懒吧。当然，你不要误解我的话，你还是做你自己，过去你在这里什么样，那就还什么样。不过你可以装出一点懒散拖沓的样子。你愿意吗？你答应我了吗？我很想看到你沉浸在幻想里的样子，垂着脑袋，若有所思，眼神里透着些悲伤，不是吗？因为在我看来，你太有主见，太有个性了。你很高傲，雅各布！你到底是怎么看待自己的呢？你相信自己能在外面的世界里干成一番事业是吗？你认为这才是你该做的？你在认真地谋划一些意义非凡的事情？这就是你给我留下的深刻印象。或者说，尽管如此，也许你仍旧甘于平凡？这我也可以想象。只是你显得过于兴高采烈，过于急躁，过于志在必得了。不过这些都不重要，你还在这里，雅各布。我不会去给你谋什么职位的，你等再久也没有用。你知道，我想要的，就是把你留在我身边。我差点就把你抓在手里了，小伙子，你却想逃跑？怎么可能有这样的事。在学校里尽情享受无聊吧。噢，世界的小征服者，在这个世界上，在外面的世界，在你工作的时候，在你埋头刻苦的时候，在你取得成就的时候，无聊、空虚和孤独的汪洋会向你咧开巨口。留在这里吧。再翘首期盼一段时间吧。你想象不到，在期盼中，在等待中，藏着怎样的幸福，怎样重大的意义。所以继续等待吧。让期待在你的心中催促个不停。不过要注意分寸。听着，你的离开会让我无比痛苦，它会成为我的一道伤口，一道无法愈合的伤口，几乎要让我丧命的伤口。丧命？你尽管嘲笑我吧，狠狠嘲笑。雅各布，肆无忌惮地笑我吧。我允许你这样做。不过，告诉我，以后我还能允许你做什么？禁止你做什么？我是不是已经几乎让你相信，我离不开你了？雅各布，我正在做的事情让我激动得发颤，让我愤愤不平，同时又让我幸福得要命。这可是我第一次爱上什么人。但你是不会懂的。走吧。快走吧。出去。你这个放肆的家伙，以为我不能惩罚你了是吗？不要那么肆无忌惮。"——好吧，我又成功了，他突然又恼怒起来。我飞快地退出了办公室，从他阴沉的、几乎要把我射穿的双眼前消失。这双眼睛！校长先生的眼睛。我发觉自己在望风而逃方面已经掌握了令人难以置信的高超技巧。我简直是飞出办公室的，不，就在校长对我说"不要那么肆无忌惮"的时候，我仿佛是被一阵大风刮出来的。噢，是的，有时候还是得对他有所忌惮。如果我不知道什么是恐惧，那我也就不会有勇气了，因为勇气就是对恐惧的克服。这可不行。我又站在外面的走廊里贴着钥匙孔偷听了，里面仍旧没有一点动静。我甚至幼稚地吐了吐舌头，完全像个傻头傻脑的学徒生，然后我忍不住大笑起来。我想我从来没有笑成这样过。当然，我没有发出一点声音。这是一个人能想象的最真实的压抑笑声了。在我这样笑的时候，我感觉不再有任何东西凌驾于我之上了。我就是掌握一切、支配一切的至高无上的存在。这一刻我就是这么伟大。

好了，现在的情况是：我还留在本雅门塔学校，还对这里的规定有所忌惮。我们按时上课，回答老师的提问，遵照命令风风火火地赶来赶去。克劳斯一大早还用他屈起的手指愤怒地敲响我寝室的门，怒气冲冲地喊一声"起来，雅各布"。我们这些寄宿生也仍然在本雅门塔小姐现身时问候"您好，小姐"，在她晚上消失前对她说"晚安"。我们仍然身处各种规定的铁爪之下，仍然沉迷于不断重复的单调说教。对了，我终于见到了内室的真面目，现在我不得不承认，根本就不存在什么陈设高雅的内室。确实有那样两个房间，但根本看不出雅在何处。它们布置得极为朴素、平庸，没有一丝神秘的地方。太奇怪了。我是怎么冒出"本雅门塔兄妹住在内室"这种荒唐念头的？难道说我一直在做梦，如今终于大梦初醒？不过那儿至少养着几条金鱼，克劳斯和我还得定期把鱼儿悠游和生活的水池清空、清洁，再灌满清水。但这里面有一丁点儿神奇奥妙可言吗？金鱼可能出现在普鲁士任何一个中等官员家庭里，官员家庭是不会有什么不可思议和异乎寻常之处的。可真行！我竟然如此坚定地相信内室的存在。我以为，在本雅门塔小姐经常出入的那扇门后面，一定鳞次栉比地排列着宫殿风格的房间和密室。在那扇简陋的房门后面，我仿佛看到了精巧地盘曲着的螺旋楼梯和铺着地毯的宽阔石阶。我还想象出了古老的图书馆和明亮的长走廊，铺满地毯，从"大楼"的一端延伸到另一端。我满脑子的愚蠢念头，看来很快就够成立一家股票公司了，专门散布美丽但不可靠的幻想。我有足够的资本，基金也是取之不尽用之不竭，只要人们还念想着美的东西，还相信它们的存在，这些证券就不怕没有人来认购。我还想象出什么来了？当然是一个公园。我的生活里怎么能缺了公园呢？还有一座小教堂，但奇怪的是，那不是一座废墟一般的罗马式教堂，而是一座修葺一新的新教小礼拜堂。牧师坐在桌旁享用着早餐。还有什么？大摆宴席，组织狩猎。入夜后在骑士大厅里翩翩起舞，高耸的深色木墙上挂着家族祖先的肖像。这是一个什么样的家族呢？这，我就只能支吾几句应付了，因为我根本说不上来。好吧，我为什么要做这样的梦，编造这样的内容，现在后悔也来不及了。我还看到了纷飞的雪片，湿漉漉的大片雪花落在宫殿的庭院里。这是一个冬季的清晨，天色还是一片昏暗。哦对了，我又想起来一些动人的场景，一个大厅，是的，我看到了一个大厅。多么吸引人！壁炉里传出咔嚓咔嚓的声响，像是谁在轻声偷笑，三位尊贵高雅的老妇人围坐一旁，用钩针做着编织活儿。瞧我这想象力，也就止步于编织和钩花了。但我就是对这些东西着迷。看不惯我的人一定会说这是病态的，他们相信自己有理由鄙视我，鄙视我想象中可爱的编织活儿。接着我看到了一顿丰盛的晚餐，上面落满了银烛台洒下的烛光。餐桌上的逸乐闪着光，伴着谈笑风生，照得人睁不开眼。你看我把一切想象得多么美好。还有女人，怎样的女人啊。其中一个看起来像一位真正的公主，而她的确就是。她身边还有一个英国人。女人们的衣裙发出窸窸窣窣的声响，那些胸脯，裸露着，波涛般起起伏伏！混杂的香水气味像一条条蛇形的曲线，蜿蜒着穿过餐厅。华美与庄重融为一体，礼节与享乐结合在一起，欢乐与文雅相伴，出身的高贵装点了举止的优雅。随后这些画面开始变得模糊，被一幅幅新的场景替代。是的，那些内室，它们是活生生存在着的，但现在有人把它们从我手里偷走了。是荒芜的现实，它有时候就是个狡诈的骗子，它偷别人的东西，事后又不知道拿它们怎么办才好。它传播悲伤，好像只是为了寻开心。然而悲伤又是我喜欢的东西，它非常珍贵。它能塑造一个人。

海因里希和席林斯基已经离校。握手，道别，各奔前程。可能再也不见。多么仓促的告别。本来想说点什么，却一下子想不起来最合适的词，所以就什么也不说了，或者随口胡诌几句蠢话。辞行和送别都是可怕的事情。在这样的时刻，生活会眼看着动荡起来，你会切身感受到，自己什么都不是。匆匆的告别显得薄情，漫长的告别令人难耐。那该做什么呢？还是说几句傻话吧。——本雅门塔小姐对我说了一些很奇怪的话。"雅各布，"她说，"我快死了。不要惊慌。让我慢慢对你说。说说看，你怎么就成了我的知心朋友呢？从你走进这里的那一刻起，我就觉得你很亲切，很温柔。不要故作真诚地反驳我。你是一个自视甚高的人。是这样吗？听着，你看，我剩下的时间不多了。你能替我保守一个秘密吗？接下来无论听到什么，你都得保持沉默。尤其是面对你的校长先生，也就是我哥哥时，什么都不能让他知道，你得牢牢记住这一点。不过此刻我的内心并没有一丝波澜，你也是同样冷静，我能看出来，我相信你可以信守诺言，把嘴牢牢闭紧。那件事始终折磨着我，我已经深陷其中了，我自己清楚那是什么。我很伤心，亲爱的年轻朋友，太令人悲伤了。我相信你不是软弱的人，是这样吧，雅各布？我已经看出来了，你很坚强。你还有一颗善解人意的心。克劳斯根本没法把我的心声从头到尾听完。你没有哭，这很好。噢，要是你的眼睛这会儿就湿润了，那只会叫我厌恶。我们还有时间。你看你听得多么认真。你听我讲述自己的悲惨故事，就像在听一些琐碎的寻常小事，你的注意力都被它们吸引了，但仅此而已，不带别的情绪。你能让自己表现得完全恰如其分，只要你用心一些。当然，你很傲慢，我们都清楚这一点，不是吗？嘘，不要出声。是的，雅各布，死亡（噢，多可怕的一个词）已经站在我的身后。看，就像此刻你感受到了我的气息一样，我感到他在我背后吐着冰冷而可怕的气息，而我就在这股气息里往下沉，越陷越深。我的胸腔压迫得我无法呼吸。我让你伤心了吗？回答我。你感到悲伤了吗？有一点，是吗？但你现在必须忘记这一切，你听到了吗？忘掉它！我会再来找你的，就像今天一样，到那时我就会把一切都告诉你。你会试着去忘记的，对吗？过来。让我摸摸你的额头。你是个听话的孩子。"——她轻轻地将我拉向她，似乎是把一缕气息按在了我的额头上。她没有像她说的那样触碰到我。随后她就悄无声息地走了，留下我一个人，还有那些纷乱的念头。我在思考？并没有。我只是又想到了缺钱这件事。这就是我思考的内容。我就是这么一个人，如此粗俗，如此头脑空空。事情其实是这样的：内心的震荡会把冰一样寒冷的东西摇落进我的灵魂。一旦有什么事要唤起我的悲伤，悲伤的感受反而会从我身上消失得一干二净。我不喜欢说谎，尤其是对自己撒谎，那有什么意义呢？就算我会在别人那儿撒谎，也不会在这里撒谎，不会欺骗自己。我不懂，鬼才知道是怎么回事，我活生生地站在那儿，听到本雅门塔小姐说了那样可怕的话，我，一个崇拜她的人，竟然流不出一滴眼泪？我真卑鄙，事实只能是这样了。不过就此打住吧。我也不想把自己说得太坏。我现在头脑里一团乱麻，所以——这些都是谎言，全都是谎言。其实我早就知道。我真的知道吗？那又是另一个谎言了。我不可能对自己说出实情。不管怎么说，我会听从那位小姐的话，对这件事守口如瓶。我至少可以服从！只要我听她的话，那她就还活着。——

想象一下，我是一名士兵（我天生就是优秀士兵的料），一个普通的步兵，在拿破仑麾下作战。我们向俄国进军。我和我的战友们相处得十分融洽，共同的苦难、匮乏，以及许多我们协力炮制的粗野行径把我们紧紧联系在一起，成了某种钢铁般坚不可摧的东西。我们眼神凶狠地直视前方。是的，愤怒，无意识的、麻木的愤怒，把我们团结在一起。我们不断前进，枪不离身。我们经过城镇，无所事事、无精打采的居民直愣愣地看着我们，因我们的脚步而灰心丧气。再往后，城镇就越来越少了，零零散散还能看到几处。一望无际的土地铺展在我们的双眼和双腿前，向着细细的地平线不断蔓延。大地仿佛一直在往前爬行，或者说在悄悄地蠕动。这时，雪片飘了下来，大雪困住了我们的去路，但并没有阻止我们行军的脚步。眼下，我们全身上下仿佛就剩两条腿了。一个又一个小时过去，我的视线始终紧贴着潮湿的地面。我有了足够的空闲用来懊悔，用来无休无止地自我责备。但我脚下的步伐并没有停止，我的双腿仍然不断交替着奋力向前。我们的行军队伍几乎小跑了起来。天边不时出现一片森林，或是一道作弄人的山脊，像小折刀的刀刃一样薄。但我们已经知道，几个小时后我们就会到达森林的边缘，可在这片森林之外，仍旧是向着无穷远的地方延伸的平原。枪声不时响起。零零星星的响声，提醒着我们即将到来的危险，预示着终有一天会打响的战役。我们继续行军。军官们面露戚色，骑着马四处奔走，副官们鞭打着他们的战马经过队伍，仿佛被恐怖的预感追逐。你会想到皇帝，想到统帅，虽然面目模糊，但无论如何，你会在想象中描绘他的样子，你能从中得到安慰。我们继续前进。无数次短暂但可怕的中断使我们的行军不时受到阻碍，但我们几乎不去注意这些，只管埋头继续前进。随后记忆就会在我脑海中涌现，有些模糊，同时又过于清晰。它们吞食着我的心，像猛兽吞吃可口的猎物，它们会把我带到一个如家乡般舒适的地方，带我来到金灿灿、圆滚滚、被薄雾环绕的葡萄园小丘上。我会听到牛铃的响动，每一下都仿佛敲击在我心头。水彩画般色调丰富的天空会在我的头顶拱起，仿佛要把我拥入怀里。剧烈的疼痛几乎让我发疯，但我仍在前进。我左手边和右手边的战友们，我身前和身后的战友们，他们就是我的一切。我的腿就像一台老旧但依然顺从的机器一样工作着。燃烧的村庄就是每天重复出现在眼前的景象，多么无趣的景象，而惨无人道的残忍画面也不再令人感到惊讶。然后在某一天晚上，在越来越刺骨的寒冷中，我的战友倒在了地上，他的名字可能是乔尔纳。我想把他扶起来，但长官命令道："让他躺在那儿！"我们继续行军。然后在某一天中午，我们见到了我们的皇帝，看到了他的脸。他向我们微笑，令我们神魂颠倒。是的，这个人不会摆出阴沉的表情让他的士兵神经紧张、意志消沉。我们怀着必胜的信念，就好像提前打赢了未来的仗，在冰天雪地里继续行军。终于，在无休止的行军之后，战斗打响了，我很可能活了下来，再次走在行军队伍里。"现在向莫斯科进军！"我们的队伍中有人高喊。但不知出于什么原因，我没有回应他。我只是一个小零件，安在了推动伟大事业的机器上，不再是一个人。我不知道何为父母，何为亲属，何为歌曲，何为个人的希望和苦痛，我对家的意义和魔力也一无所知。士兵的纪律和忍耐会把我变成一具坚固、不可穿透、几乎完全空洞的躯体。就这样继续前进，朝着莫斯科的方向。我不会去诅咒生活，它早就糟糕到没必要诅咒了，我也不会再感到痛苦，疼痛连同随之而来的突发的痉挛，我早就刻骨铭心地感受过了。我想，拿破仑麾下的一名士兵，大概就是这个样子的。

"你的表现可真出色！"克劳斯对我说了一大通，但他的话其实并没有什么根据，"你就是那种明明一文不值，还要装得十分高明的人，不把那些规矩放在眼里。我已经看透你了，别再解释了。你就想看我变成一个恼羞成怒的说教家或者'常有理'。走吧，别来惹我。你和你们那些满嘴大话的家伙，你以为认真和专注究竟是什么意思？你想必对自己那份上蹿下跳、手舞足蹈的轻浮十分得意，满脑子美妙的幻想，对吗？毫无疑问，你有充分的理由这样做。你以为自己是舞蹈家吗？噢，我看穿你了。正确的东西、恰当的东西都会遭到你的嘲笑，这是你最擅长的事了，在这方面，你们可早就出师了，是的，没错，你和你那些一脉相承的弟兄。但是要小心，千万小心。风暴雷电以及命运的打击可没有顺着你们的心意被消除干净。你们这些艺术家，一旦真想干些什么事，哪怕只是踏实地过日子，你们的翩翩风度是派不上用场的，你们面前的困难不会因此而减少半分。好好背你眼前的课文吧，不要整天觉得自己可以高高在上地嘲笑我。真是个小少爷！抓着机会就要跑到我面前，拍着胸脯吹嘘一番。我告诉你，克劳斯只会鄙视这种可怜的装模作样。干点正经事吧！跟你说几十遍也没有用，还是高傲得鼻孔朝天。雅各布，把生活玩转于股掌的老爷：放过我吧。去吧，去征服世界。我相信战利品会自动滚落到你脚边，就等着你把它们捡起来。所有东西都讨你们的欢心，都迎合你们，你们这些等着捡现成的人。怎么？你两只手还插在口袋里呢？噢，我懂了。烤好的鸽子会自己飞到你嘴里，那你还需要费什么劲装成一个有正经事要做的人、一个要靠双手辛勤劳作的人呢？请吧，再打几个哈欠。这样才好。你现在看起来还太镇静、太有自制力、太谦虚。还是说你想教给我一些规矩？来吧，我非常期待。呵，滚开。你这副荒唐的做派都快把我弄糊涂了，你这个——别让我说出什么好来。你这样的人就会引人说出罪过的话，讨嫌鬼。快消失吧，随便去干点什么。你在校长和那位小姐面前一点儿规矩都没有，对，我已经都看到了。可我为什么要和一个只会傻笑的蠢货废话呢？你敢说你其实并不是蠢货而是个很好的人吗？只要你自己承认这一点，我就张开双臂拥抱你。"——"噢，克劳斯，最最亲爱的克劳斯，"我说，"你在嘲笑我？你在讽刺我？克劳斯原来还会这些？我没听错吧？"——我大笑起来，脚步轻快地往我的寝室走去。很快，本雅门塔学校里能干的事也就只剩下闲逛了。这里的日子好像就快到头了。不过也可能只是错觉。也许是本雅门塔小姐搞错了，也可能是校长先生，或者说我们都搞错了。

我现在像吕底亚国王克洛伊索斯[1]一样富有。虽然就宝贵的金钱而言……闭嘴吧，还是不要谈钱了。我过着奇怪的双重生活，一种规矩又不规矩的生活，一种受控制又不受控制的生活，一种简单又复杂得要命的生活。本雅门塔先生向我坦白，他还从来没爱过什么人，他到底想说什么呢？他对我，他的学徒和他的奴隶，说这些，到底是什么意思？没错，学徒生就是些奴隶，就是些柔嫩的叶子，被扯离枝干，卷入了无情的风暴，已经有些发

1　克洛伊索斯，小亚细亚吕底亚王国的最后一位君主，以拥有无尽的财富而闻名。西方人常用他的名字形容极为富有的人。"克洛伊索斯"的发音与"克劳斯"相近。

黄了。本雅门塔先生不就是一场风暴？很有可能，因为我常有机会领略这风暴的咆哮、狂怒以及遮天蔽日的肆虐横行。他看起来无所不能，而我，一个学徒生，是这么的微不足道。嘘，不要提什么"全能"。高深的字眼说多了，就容易犯错误。这样一个本雅门塔先生，竟然会显出如此崩溃和软弱的样子，我简直觉得好笑，甚至有些幸灾乐祸。原来一切都是软弱的，所有东西都会像小虫子一样瑟瑟发抖。好了，就是这种恍然大悟，这样的确信，让我成为克洛伊索斯，我是说克劳斯。克劳斯什么都不爱，什么都不恨，所以他像克洛伊索斯一样富有，他身上有一些接近无懈可击的东西。他就像一块岩石，而生活掀起的滔天巨浪，只是微微溅湿了他的那些美德。他的天性，他的本质，被美德装点得满满当当。你很难爱他，当然也谈不上恨。人总是喜欢漂亮和有吸引力的东西，这就是为什么漂亮迷人的东西往往暴露在被吞噬、被滥用的危险中。生活里种种消磨人、腐蚀人的柔情蜜意，哪种敢来接近克劳斯？他站在那里，看起来那么手足无措，却又那么坚定，那么不可接近。就像一位半神。但没有人知道这是怎么回事，我也一样——有时我说的、想的东西已经超出了我自己的理解力，所以我也许应该去当一名牧师，或者某个宗教派别、某种思想流派的创始人。好吧，还是有可能的。我还是有可能成为任何我想成为的人。可是本雅门塔呢？——我确信，他很快就会把他的人生经历讲给我听了。他守不住的，总会向我敞开心扉，讲述他的过去的。这很有可能。奇怪的是：有时候，我觉得自己永远不应该与这个巨人般的男人分开，永远不再分开，就像我们已经合二为一了。但人的感觉并不可靠。我得沉住气，我要保持适度的冷静。适度，不能太过。冷静过头就显得无礼了。为什么要在生活中指望一些不同凡响的东西？非得这样吗？我那么渺小。我自觉自愿地相信，我很渺小，渺小且毫无价值。本雅门塔小姐呢？她真的会死吗？我不敢这么想，也不能这么想。一种更高层次的情感不允许我这么做。不，我不是什么富翁。双重生活也并不稀奇，实际上每个人都在过。有什么好用来吹嘘的呢？啊，所有这些想法，这些奇特的渴望，这种追寻，这种伸出双手探求意义的企图。做梦也好，沉睡也好。让该来的来吧。快来吧。

此刻我手里握着笔，惊魂未定。我的整个身体都在不住发颤。光点在我眼前闪烁，像鬼火一样上下跳动。可怕的事情就这样发生了，我都没意识到自己遭遇了什么，也还没来得及搞清楚出了什么事。本雅门塔先生刚才突然发作，竟然想要把我掐死。这是真的吗？哎呀，我完全失去了思考的能力，我判断不了发生的一切是否真实。但我现在这副失魂落魄的样子就能证明它的真实性。校长突然被难以名状的怒火缠身。他就像巴勒斯坦历史上的参孙[1]，在聚满了人的高大屋宇里撼动支撑着屋顶的巨大石柱，直到那充满了欢庆气氛、沉湎于淫逸中的神殿，那石质的胜利象征，直到恶意本身，通通

1　参孙是古代以色列人的一位首领，以力大勇猛闻名，遭人背叛后被非利士人囚禁。据《圣经·士师记》记载，参孙在非利士人的庆典上推倒了大厅的巨柱，与数千非利士人同归于尽。

化为灰烬。不过在此时此地，确切地说在不到一个小时之前，根本没有什么滔天罪恶和卑劣行径有待推翻，也不存在什么高耸的立柱，但事情看起来就是这样，一模一样，这让我陷入一种前所未有的极度恐惧，让我变成了一只战战兢兢的兔子。是的，我就是一只兔子，事实上，我有理由像受惊的兔子一样逃跑，不然等待我的一定是悲惨的下场。我非常敏捷地躲过了他握紧的拳头，我想我甚至咬了高大的本雅门塔先生一口，咬在了这位巨人歌利亚[1]的手指上。大概就是这快准狠的一口救了我的命，很可能是伤口的疼痛让他突然又想起了礼仪、理智和人性，也就是说，这种对学徒行为准则的公然践踏保住了我的命。没错，我确实差点死在了校长的压迫之下，不过刚才的一切到底是怎么发生的？怎么可能发生这样的事？他发了疯一般扑向我，强壮的身体径直朝我撞来，就像一团黑压压的、眼看就要失去控制的暴怒；它像海浪一样向我袭来，要把

---

1 歌利亚是非利士人的战士，拥有巨人般的身形，力大无穷。据《圣经·撒母耳记》记载，他在与以色列人的交战中被年轻的大卫击倒杀死。

我拍碎在坚硬的水墙上。当然，海水什么的是我瞎编的，纯粹胡说八道，但我当时确实完全恍惚了，心中乱作一团，震惊得无法动弹。"您这是在做什么，尊敬、亲爱的校长先生？啊？"我大叫一声，着魔了一般夺门而出。不过到了门外，我又开始偷听里面的动静。我安然无恙地站在走廊里，把耳朵紧贴在钥匙孔上，四肢还在颤抖个不停。我听到的是轻轻的笑声。随后我就冲回了自己的课桌前，一直到现在。我不敢确定刚才发生的究竟是一场梦还是真实的经历。不，不对，它就是事实。要是克劳斯能来就好了。我真是有点吓到了。如果亲爱的克劳斯出现在这里，狠狠骂我一顿，就像他经常做的那样，那该多好。我盼着有人来说我几句、骂我一通，或者干脆罚我做些什么，这会让我好受很多。我还是个小孩子吗？——

实际上，我从来没有真正当过小孩子，所以我肯定，童年的某些东西会永远留在我身上。我只是长大了，年岁渐增，但本质上没有变化。我仍然像几年前一样，总是在愚蠢的恶作剧里发现别样的趣味，不过重点也就是兴趣本身，其实我从来没有真正实施过什么愚蠢的恶作剧。在我还很小的时候，我有一次差点在我哥哥的脑袋上砸出一个窟窿。但那只是个意外，算不上恶作剧。当然，调皮捣蛋的蠢事我也干了不少，可想法永远比事情本身更让我感兴趣。我很早就开始在每件事上挖掘深刻的东西，哪怕是愚蠢的恶作剧。我没有成长。至少我自己这么觉得。或许我永远也不会舒展开枝条和丫杈。有一天，从我的天性和起源处会散发出一些香味，我会成为一朵花，撒下几缕芬芳，似乎只是为了自娱自乐，然后我就会垂下脑袋，那被克劳斯称为愚蠢又傲慢的倔脑袋。我的胳膊和腿也会莫名其妙地松弛无力，我的头脑，我的骄傲，我的个性，一切的一切都会枯萎、掉落，我会死，但不是真正的死亡，只是以某种形式死去，然后我也许会浑浑噩噩地再活上六十年，然后真正地死去。我会活到很老。但我并不担心自己。我根本不让一丝恐惧注入自己的内心。我对"自我"这个东西毫无敬意，它只是摆在我眼前，完全不能动摇我的冷漠。噢，让我感受到热度吧！那该有多么美妙！我会一次又一次地燃起热情，因为没有任何自我、自利的东西能阻止我发热，阻止我燃烧，阻止我参与。我真庆幸我不会在自己身上看到任何值得一提、值得一观的东西。渺小，保持渺小。只要有一只手、一种势态、一轮波浪要把我抬向高处，要让我触及权力和影响力，我就会把这有利于我的条件砸个粉碎，我会把自己扔进无言的黑暗深处。只有在最最底层我才能够呼吸。

按照规定，一如既往在这里起着作用的规定，我们这些寄宿生，我们这些以生活为手艺的学徒生，必须让自己的双眼闪耀出活力和善意的光彩。我对此没有任何异议。是的，目光必须透出灵魂的坚定。我鄙视眼泪，当然我也哭过，不过更多是在心里，也许这才是最糟糕的情况。本雅门塔小姐对我说："雅各布，我快死了，因为我还没有找到爱。我的心，没有任何值得的人渴望去占有它、伤害它，所以它正在死去。现在，我要向你告别了，雅各布。你们这些男孩子，克劳斯，你，还有其他人，你们会在我床边为我唱一首歌。你们会为我哀悼，轻声地哀悼。我知道，你们每个人都会在床单上放一朵鲜花，也许还是湿漉漉的，挂着自然的露水。让我微笑着把你，拥有年轻心灵的你，当成亲弟弟一样的知心人吧。是的，雅各布，愿意把秘密托付给你，这是再自然不过的了，你看，就像你现在这样，你一定会对所有东西，甚至是那些说不出听不见的东西，准备好一只耳朵、一颗愿意倾听的心、一双眼睛、一个灵魂，还有一份充满同情、感同身受的理解。我就要死了，因为那些应该看见我、抓住我的人无法理解我，那些谨慎的人、聪明的人，只顾着胡思乱想，那种犹疑不决和爱得不够让我感受不到一丝情意。有人相信自己有朝一日会爱上我，会想要拥有我，但他犹豫了，把我晾在一边，然后我也犹豫了，但我是个女孩，我不得不犹豫，我可以这么做而且应该这么做。啊，感情的背叛如此欺骗了我，心灵的空洞和麻木如此折磨着我，我却一直信任这样的一颗心，因为我一度相信它被真实而迫切的感情填满。可懂得考虑、懂得权衡的东西就不是感情。我要告诉你的就是那个男人，我沉醉于迷人又甜美的梦境，所以相信了他，毫无保留地相信了他。我不能把所有事情都告诉你。就让我保持沉默吧。噢，那些东西能摧毁一切，我就要因此而丧命，雅各布。种种绝望，让我心碎！——够了。说吧，你是喜欢我的，对吗？就像弟弟喜欢姐姐那样？好了。雅各布，一切都很好，对吗？本该如此。我们俩，都不想抱怨什么，不想怀疑什么，不是吗？不再渴求什么，这不是很好吗？不对吗？是的。这样很好。来吧，让我吻你一下，就一次，一个纯洁的吻。温柔一些吧。我知道，你不喜欢哭，但现在让我们一起流几滴眼泪吧。别出声，不要发出一点声音。"她没有再往下说。她好像还有很多话想说，却再也找不到词语来表达自己的感受。院子外面飘起了大片湿漉漉的雪花。这让我想起了宫殿里的庭院，想起了那些内室，那里也飘落过大片湿漉漉的雪花。那些内室！我一直以为本雅门塔小姐是内室的女主人。在我眼里她一直是一位温柔的公主。现在呢？现在本雅门塔小姐是一个普通人，一个正在受苦的优雅的女人。她不再是公主了。总有一天她会躺在那里面的某张床上，双唇变得僵硬，头发死气沉沉地卷曲在毫无生气的前额上。可我为什么要想象这样的景象？我现在要去校长办公室了。他先前让人来找过我。一边是少女的悲叹和尸身，另一边是她那仿佛从来没有活过的兄长。是的，本雅门塔先生在我看来就是一只受困挨饿的老虎。然后呢？然后我就舍身跳进那张大的嘴里？只管跳进去吧！就让一个手无寸铁的学徒生去冷却他的怒火吧。我任他摆布。我害怕他，但也在心里暗暗笑他。再说他还欠着我他的生活经历呢。他答应过我，我会提醒他的。总而言之，在我看来，他就是从来没有真正活过。他现在想在我身上尽兴地活一次吗？他打算把实施暴力称为纵情生活吗？那可就太糟了，糟糕透顶，还非常危险。可我控制不住自己！我非得走进这个人的办公室。一股令人费解的精神上的强力，迫使我一次又一次去重新审视他、探查他。就让校长一口把我吞掉好了，我是说，等着我的是痛苦也好，羞辱也好，由他去吧。无论如何，我至少是死在了一些脱离了自私和狭隘的事情上。现在就去办公室吧。我可怜的女老师！——

校长伸手拍了拍我的肩膀，我得承认，这带着点轻蔑，不过更多的是信任（好吧，因为轻蔑，所以才信任），他咧开模样好看的大嘴对我笑了笑，露出了两排牙齿。"校长先生，"我异常愤怒地说，"我恳求您，少用一点侮辱性的友善来对待我。我还是您的学徒生。另外，我再强调一遍，我不再奢求您的恩惠。请您用这副纡尊降贵、宽宏大量的样子去对待乞丐和无赖吧。我叫雅各布·冯·贡腾，我虽然很年轻，但也很看重自己的尊严。我或许不该得到原谅，这我知道，但我也不能任人侮辱。这我可不会让人得逞。"——我说着这些着实可笑又傲慢的话，这些不合时宜的话，把校长的手挡了回去。本雅门塔先生却笑得更开心了，他说："我必须尽力克制自己，才能忍住不对你笑，雅各布，我还得遏制住亲吻你的冲动，你这个了不起的小伙子。"——我叫起来："吻我？您疯了吗，校长先生？我可不想这样。"——这些话毫无顾忌地从我嘴里说出来，让我自己也吃了一惊，我不由自主地往后退了一步，好像要躲避什么攻击。然而，本雅门塔先生仿佛成了仁慈与忍耐的化身，他颤抖的嘴唇上挂着一种奇异的歉意，说："小家伙，你真能逗人开心。要是能和你一起生活在沙漠里或者北方海域的冰山上，光是想象一下就觉得非常诱人。过来。嘿，你这个小鬼头，不要害怕我。我不会伤害你的。我能对你做什么呢？我想对你做什么呢？你很宝贵，也很稀有，看，我忍不住要这样想，但是你不必害怕。雅各布，我现在严肃地问你，听好了：你想永远留在我身边吗？你或许不太明白我的话，你回去好好琢磨一下。这个地方要完了，你明白吗?"我傻乎乎地脱口而出:"啊,校长先生,我已经料到了!"——他又笑起来,说道:"看吧,你已经注意到了,本雅门塔学校今天还存活着,明天就不复存在了。没错,可以这样说。你是这里的最后一个学生。我不再接收任何学生了。看着我,我很高兴,你明白吗?在我永久关闭这所学校之前,我还能认识你,小雅各布,一个合适的人选。现在我问你,捣蛋鬼,你用这么一条带来快乐的奇特锁链束缚住了我,你想和我一块儿离开吗?我们一起生活,一起开始些什么,着手些什么,去冒险,去开创,我们两个,一大一小,一起尝试着度过这一生。请立刻回答我。"——我回答:"我觉得现在回答这个问题为时尚早,校长先生。不过您说的话让我很感兴趣,我要考虑一下,或许明天给您答复。我觉得我很可能会做出肯定的回答。"——本雅门塔先生似乎忍不住脱口而出:"你真可爱。"——沉默片刻后,他又开口了:"你看,和你在一起,我们一定可以化险为夷,从各种大胆的、冒险的、探索的行动里全身而退。但我们也完全可以去做一些优美、文雅的事情。你身上混合了两种血液，既有温柔的一面，又有无畏的一面。和你在一起的话，需要勇气的事也好，棘手难缠的事也好，就都不在话下了。"——"校长先生，"我说，"请您不要恭维我了，这听起来相当恶心，还显得十分可疑。就此打住！您答应要告诉我你过去的故事，它们在哪里呢？或许您还记得吧？"——就在这时，有人猛地推开了门。是克劳斯。他冲进了办公室，脸色煞白。他艰难地喘着气，那个消息似乎就挂在嘴边，但他说不出来。最终，他做了一个仓促的手势，让我们跟上他的脚步。我们三个人一同走进了昏暗的教室。眼前的景象让我们动弹不得。

地板上躺着那位已经失了魂的小姐。校长上前握住她的手，却好像遭蛇咬了一般立刻松开，惊恐万状地朝后退去。接着他又走到死者身边，注视着她，再次走开，然后又回来。克劳斯跪在她的脚边。我用双手捧着老师的头，以免它触碰到冷硬的地板。那双眼睛还半睁着，仿佛因为光线强烈而微微眯起。本雅门塔先生伸手合上了它们。他也跪倒在了地上。我们三个人都没有说话，但我们并没有"陷入沉思"。至少我并没有在思考什么特别的东西。但我内心十分平静。我甚至觉得自己表现得很出色很得体，虽然这么说听起来有些自以为是。不知什么地方飘来一缕细弱的旋律。线条和光束也开始在我眼前弯折扭曲。"把她抱起来，"校长先生轻声说，"来吧。把她抱进客厅。轻轻地，轻轻地，噢，动作要轻。小心，克劳斯。看在上帝的分上，不要那么粗鲁。雅各布，小心点，好吗？不要撞到任何东西。我会帮你们的。脚步要慢，再慢一点。谁伸手开一下门。就这样，对，对。可以了。千万小心。"——他说的话在我看来都是多余的。我们把丽莎·本雅门塔小姐抬到床上，校长飞快地扯开了罩单。此刻她躺在那里，印证了她事先向我宣告的情形。同学们也来了，所有人都目睹了这一幕。我们全都站在那里，站在她床边。待校长先生做出一个简单明了的手势，全体学徒生，所有男孩，就轻声合唱起来。这就是那位小姐想在自己的临终之床上听到的哀歌。我想象，她一定听到了那轻柔的歌声。我相信，我们每个人都感觉自己回到了从前的课堂上，我们遵从老师的命令歌唱，我们总是不假思索地服从她的每一条命令。歌声停止之后，克劳斯从我们半圆形的队列里走出来，说了下面这段话，他的语速有些慢，这样倒更显得触动人心："睡吧，甜美地安歇吧，尊敬的小姐。你已经摆脱了困境（他用"你"来称呼那位死去的小姐。这很合我的心意），挣脱了恐惧的枷锁，从世上的忧虑和宿命中解脱了。亲爱的，我们按照你的吩咐在床边为你歌唱。你把我们，你的学生们，彻底抛弃了吗？是的，是的。但你，过早离我们而去的你，永远，永远不会从我们的记忆中消失。你会活在我们心里。我们，曾听命于你、臣服于你的男孩们，将在动荡和艰辛的生活中四散而去，追逐利益，寻找安身之所，可能再也无法得知彼此的下落，再无重逢之日。但我们都会想起你，教导我们的人，你铭刻在我们头脑里的思想，你刻铸在我们身上的教义和知识，让我们永远牢记你，因为我们身上的优点都来自你的缔造。不言自明。当我们吃饭的时候，刀叉会指示我们，如何按照你希望的那样掌握它们、使用它们，当我们体面地坐在餐桌旁，一旦我们对自己的举止有所意识，也会回想起你。你仍旧在我们的心里，统治着，指挥着，生活着，你教导我们，向我们提问，对我们歌唱。我们这些学徒生中的任何一个要是在生活中比其他人走得更远，可能就不想再与路上偶遇的落后同伴相认了。一定是这样。但当他毫无防备地回想起本雅门塔学校和它的女主人，他就会羞愧不已，责怪自己如此心急如此傲慢地否认和遗忘了你制定的准则。然后他就会不假思索地向他的同伴们、兄弟们伸出友好的手。你教给了我们什么，离我们而去的人啊？你总是告诫我们要保持谦虚，要有求必应。啊，我们永远不会忘记这些话，就像我们永远也不会从记忆中抹去对我们说过这些话的亲爱之人。安睡吧，尊敬的老师。进入梦境！美好的想象围绕在你身边，对你轻声细语。美满的忠诚，乐于靠近你，甘愿跪倒在你面前。充满感激的依恋与沉迷于追忆的深情怀念，在你额头和双手周围撒下鲜花、嫩枝和爱的话语。我们，你的学生们，要再为你唱一首歌，环绕着你的临终之床完成祈祷，它将成为我们的欢乐园地，容我们欣喜地、忘我地沉浸在对你的怀念之中。这就是你教给我们的祈祷方式。你说，歌唱就是祈祷。你会听到我们的歌声，我们会在想象中看到你露出笑容。眼前的你躺在那里，令人心碎，我们渴望看到你的一颦一笑，就像焦渴的人渴望新鲜而充满活力的泉水。啊，多么痛苦。但我们克制着自己，我相信这是你希望看到的。所以我们保持着平静。所以我们遵从你的教导为你歌唱。"——克劳斯从床边退回到我们中间，我们又唱起另一首歌，歌声轻柔地来回飘荡，就和前一首歌一样。然后我们一个接一个地走到床边，每个人都把一个吻印在了那个已经死去的女孩手上。每个学徒生都跟她说了几句话。汉斯说："我要告诉席林斯基。海因里希也该知道。"——沙赫特说："永别了，你总是那么好。"彼得说："我会遵从你的命令。"随后我们离开了教室，我们把哥哥留在了妹妹身边，把学校的男主人留在了女主人身边，把生者留在了死者身边，把孤独者留给了孤独者，把屈服于痛苦的人留给了完美无瑕的人，把本雅门塔先生留给了本雅门塔小姐。

　　我不得不和克劳斯说再见了。克劳斯走了。一盏明灯，一个太阳，消失不见。对我来说，从这一刻起，在这个世上，在我的周围，就只剩下黑夜了。太阳下山之前，总要把最后的霞光全部洒向正在变暗的世界，就像克劳斯一样。他在临走之前，还匆匆忙忙地痛斥了我一顿，这是完完整整如假包换的克劳斯最后一次向我展现他的光辉形象。"再见了，雅各布，要不断进步，让自己变得更好。"他一边说，一边向我伸出了手，又好像因为不得不这样做而带有几分怒意。"我现在要走了，走进外面的世界，去为别人效劳。希望你很快也会跟我一样。对你来说肯定不是件坏事。愿你能清除掉自己身上的无知。最好有人来用力揪一揪你那屡教不改的耳朵。别笑了，都到告别的时候了。话说回来，这还真符合你的一贯作风。谁知道呢，也许这个世界就是这么荒唐，说不定哪天就让你飞黄腾达了。然后你就可以任由自己的无礼、固执、傲慢和嬉皮笑脸的懒散愈演愈烈，尽情嘲讽，各种捣蛋，无忧无虑地保持你原来的样子。你就可以继续挺着胸脯自鸣得意，自我膨胀到炸开，所有你在本雅门塔学校改不掉的坏习惯都是你吹嘘的资本。但我还是希望，忧虑和辛劳能像一所严酷的学校那样，帮你击碎那些坏习惯。你看，克劳斯把话说得很重。但是比起那些希望幸福直接落到你怀里、嘴里的人，我对你的好意可要真诚得多，没正形的老兄。多做事，少许愿，还有一件事：彻底把我忘记。一想到你对我还残留着一些过时、陈旧、可怜、有一阵没一阵的想法，我只会气不打一处来。不，小伙子，记住，克劳斯不需要你这个姓冯·贡腾的来讨我开心。"——"亲爱的朋友，你真是无情。"我高声喊道，近在眼前的分别让我内心充满焦躁的离愁别绪。我想拥抱他。但他以世界上最简单明了的方式避开了这个拥抱，他迅速地、永远地逃开了。"本雅门塔学校今天还在，明天就不在了。"我自言自语道。我走进了校长办公室。这个世界上好像裂开了一道炽热而刺眼的沟壑，把空间分隔成了两个截然不同的部分。一半的生活随着克劳斯的离开而消逝了。"从现在开始，另一种生活！"我嘟哝了一句。其实我想说的就是，我非常伤心，非常沮丧。那我为什么要说这样故作高深的话？我向校长鞠了一躬，比以往任何时候都要恭敬，配合着这个动作，我问候道："您好，校长先生。""你疯了吗，老伙计？"他喊道，然后朝我走来，想要拥抱我。但我在他张开的手臂上打了一下，阻止了他的企图。"克劳斯走了。"我极其严肃地说了一句。我们陷入了沉默，只是长久地注视着对方，我们似乎都满足于此。

"我今天，"本雅门塔先生平静地说道，语气颇有男子气概，"已经给其他人都谋得了职位，你的那些同学。现在这儿只剩下我们三个了，你、我，还有躺在床上的她。她已经死了（为什么不索性讲讲学校里的其他死人？他们还活着呢。不是吗？），明天就会被接走。想到这点，实在让人难过，但也无法避免。今天，我们三个人还在一起。我们就清醒地守过一整夜吧。我们两个就在她的身旁聊聊天。我只要一回想起，那天你带着一肚子的要求和疑问，跑到这里请求学校录取你，我就会感受到一种前所未有的对生活的热情和抑制不住的笑意。我已经四十多岁了。很老了吧？是不年轻了，但眼下，你在这里，雅各布，这四十多岁的年纪，就和抽出嫩芽、萌出花苞的青春没什么区别。和你这样一个男孩在一起，新鲜的活力，甚至生命本身才第一次向我靠近，注入我的身体。我在这个地方，你看，在这间办公室里，早已绝望了，我已经完全干涸了，把自己埋葬在这里了。我恨这个世界，恨之入骨。我无法表达自己有多厌恶这所有存在着、活动着和生活着的，唯恐避之不及。这时你走了进来，那么清新，那么懵懂、调皮、放肆、青春，散发着未受污染的芬芳，我自然要臭骂你一顿，但是看你一眼我就知道，你是一个了不起的男孩，仿佛从天而降，落到我面前，是全知全能的上帝的馈赠。是的，你正是我需要的，你几次三番到办公室来找我，我每次都偷偷地微笑，你用那迷人的无礼和粗鲁来激怒我，我就像在欣赏一幅惟妙惟肖的画作。噢不，这哪里是激怒我，这简直是诱惑我。冷静点，本雅门塔，冷静点。——告诉我，你难道从来没有注意到，我们俩已经成为朋友了吗？算了，不用回答我。之前我还试图在你面前拯救自己的尊严，现在我宁愿撕毁它，把它撕成碎片。可到了今天，你还是那么正式地向我鞠躬！好了，听着，我最近的那次大发脾气你是怎么看的？你觉得我是要伤害你吗？我是想跟自己开个要人命的玩笑吗？也许你知道，雅各布？是吗？那就赶快告诉我。立刻，你听到了吗！我到底想要什么？我到底怎么回事？你说说看？"——"我不知道。我感觉您疯了，校长先生。"我回答道。我看着一股深情伴着对生活的热爱从这个男人的眼睛里涌出来，不禁打了个寒战。我们都沉默了。突然，我想到要提醒本雅门塔先生给我讲他的人生经历。正好。这或许就可以分散他的注意力，免得他再次杀气腾腾地发作。眼看自己就要落入一个失去一半理智之人的魔掌，我感觉到汗水顺着自己的额头流了下来，我连忙说："对了，您的故事呢，校长先生？您答应过我的这件事怎么样了？您要知道，我最受不了别人跟我打哑谜。您上次隐隐约约提到，您是一个被废黜的君王。这是怎么回事，您说说吧。请您把话说明吧。我非常期待。"——他尴尬地用手指在耳后搔了搔，随后怒火眼看着从他身上腾起，他又一次小心眼地发起了脾气。他像一个军士长一般语气粗暴地冲我吼道："立刻消失。让我一个人待着。"——好吧，不等他说第二遍，我就飞快地离开了他的办公室。这位本雅门塔国王，这头困于笼中的雄狮，他是感到难为情了吗，还是想到了什么令人悲伤的事情？我又一次站在外面的走廊里，偷听办公室里的动静。里面只剩下一片死寂。我回到自己的寝室，点燃一段烧剩下的蜡烛，然后拿出一直小心保存着的妈妈的照片，出神地看了起来。不一会儿，有人敲响了我的门，是校长。他一身黑衣，铁一般的面容上看不出任何表情，他命令道："来。"我们走进客厅，为长眠的人守夜。本雅门塔先生轻轻地抬了抬手，指了一个座位给我。我们坐了下来。谢天谢地，至少现在我丝毫感觉不到身体上的疲惫。这倒是让我心情舒畅。死者的面容依旧十分美丽，是的，它看起来似乎更妩媚了，不仅如此：每隔片刻，这张脸上似乎就多覆上了一层美丽和优雅，变得更加动人。一种含着笑意的宽恕仿佛游荡在这个房间里，轻轻地在半空中回响，就像虫儿的低鸣。每一种过失，都得到了原谅。房间里一片肃穆，亮堂又明朗，没有一丝阴森可怖。我感到十分惬意，只要保持清醒，不声不响地履行我的职责，我就能愉快地沉浸在随之而来的安宁之中。

"以后，雅各布，"我们就这样坐着，校长打开了话匣子，"以后我会把所有事情告诉你。我们会生活在一起。你会答应的，我坚信这一点，像磐石一般坚定不移地相信。明天我会来问你的最终决定，你不会拒绝的，我知道。今天我不得不向你坦白，事实上我并不是什么被废黜的国王，我的意思是，我这样对你说，只是打个比方。有时，眼下坐在你身旁的这个本雅门塔，确实会感觉自己是一个主人，一个征服者，一个国王。每到这时，我的整个人生仿佛就摆在面前任由我去把握。我全心全意地相信未来，相信伟大和崇高。我的脚步异常轻快，仿佛踩在地毯般的草甸上，又像是受到优待一样被托举着。我看到什么就能占有什么，仓促间想到什么就能立刻享用。万事齐备，只为让我心满意足，只为把成就和功绩抹遍我的全身，如同为我涂抹圣油。这一刻，我就是国王，没有任何先兆，这一刻，我就是伟大的，无须任何解释。从这个意义上说，雅各布，我一度处于人生的巅峰，风华正茂，前途光明，这才有了褫夺和废黜一说。然后我跌落了。我怀疑自己，怀疑一切。亲爱的雅各布，当人在绝望和悲伤的时候，就会在痛苦中变得低微，就会遭到越来越多狭隘和琐碎的围攻，它们就像一群来势迅猛的贪婪害虫，慢慢把我们吞噬，它们知道如何慢慢让我们窒息而死，慢慢让我们失去人性。所以，关于国王的事情只是一个比喻。要是我的话让你想到了权杖和紫色披风，那请你原谅，我的小听众。但是我相信，你完全能够理解，我结结巴巴长吁短叹提到的王国究竟是什么意思。好了，既然你已经知道我不是国王了，你不觉得我看起来随和了不少吗？而且你得承认，当这样的统治者迫不得已跑来讲课教书或者创办学校，他们难免会变成阴森可怕的学校赞助人。不，不，我当时只是对未来感到自豪和欣喜：这就是我的国土，我的王室财富。之后的很多年里我接连受到打击和侮辱，但现在，我又一次，我是说，我开始重新做我自己。我感觉自己像是继承了一百万，说什么呢，只是继承一百万吗？不，我像是重新成为主宰，重新被加冕为王。然而，那些暗无天日的可怕时刻总是在我眼前重现，每到这个时候，我的眼前就会一片漆黑，恨意在我熊熊燃烧、化为焦炭的心里滋长，你能理解我吗？在这样的时刻，我就会有一种把一切都撕碎、杀死的冲动。噢，我的灵魂，你现在知道了这些，还会不会留在我身边？你能不能下定决心冒着危险和我这样的怪物在一起？不论是因为你对我产生了单纯的好感，还是出于任何一个能说服你的理由。你会置一颗高贵的心灵于不顾吗？你是这样固执的人吗？你会因为这一切而对我怀恨在心吗？恨我？哎呀，什么傻话。我知道，雅各布，我们会生活在一起。这是已经决定了的。那为什么还要问你？你看，我了解我以前的学徒生。而现在，雅各布，你已经不再是我的学生了。教化也好，教导也罢，我都不想干了，我想要生活，并且在活着的时候，琢磨一些东西，承担一些东西，创造一些东西。啊，有这样志同道合的心灵做伴，什么样的痛苦都会变得美妙起来。我拥有了我想拥有的东西，于是觉得自己无所不能，能快乐地承受和忍受任何事情。不要再想了，也别再说了。不要开口。等明天他们把这个躺在床上的故去的生命带走，等我摆脱这纯粹外在的仪式，把它转化为一种内在的哀悼，你再把你的决定告诉我。你可以说是，也可以说不。要知道，你现在完全自由了，你可以说你想说的，做你爱做的。"——我想要吓唬一下这个在我看来有些过分自信的人，这个念头让我轻轻发颤，我用很轻的声音回答："可我要怎么糊口呢，校长先生？你为其他人谋到了营生，却偏偏不帮我？我觉得这很奇怪。这不公平。我坚决请您给我找一份体面的工作，这是您的职责。我太想得到一个职位了。"——哎呀，他吃了一惊。他慌了神。我在心里忍不住哧哧笑起来。恶作剧的念头真是生命中最美好的东西。本雅门塔先生悲伤地说："你是对的。我应该根据你的离校证书为你谋一份差事。是的，你完全正确。我只是想，只是——我想——你或许是一个例外。"——我装作非常愤慨地喊道："例外？我不想成为特例。绝不。这与议员之子的身份是不相称的。我的谦恭，我的出身，我感受到的一切，都禁止我比其他同学要得更多。"——然后我就再也不说一句话了。我眼看着本雅门塔先生因为我的举动而陷入了不安，这让我十分得意，我享受这种感觉。我们在沉默中度过了剩下的夜晚。

然而在我坐着守夜的时候，睡眠还是压倒了我。我脱离了现实世界，尽管时间不长，只有半个小时，也可能更久一些。我梦见（我记得，梦从高处猛地向我扑来，它的光束一下子把我笼罩其中）自己站在一片山地草场上，满眼是天鹅绒般的深绿色。草地上铺满了花朵，像是绣上了一个个花朵形状的亲吻。这些吻一会儿看起来像星星，一会儿又变回了花朵。这是大自然的景象，但又不是自然，既是图画，又是实体。一个非常美丽的女孩躺在草地上。我想说服自己，她就是我们的老师，但很快又对自己说："不，这不可能。我们已经没有老师了。"好吧，这只是别的什么人，我试图让自己不要胡思乱想，我清清楚楚地从自己嘴里听到了宽慰的话："呵，别去瞎猜了。"——那个女孩丰满的身体赤条条、亮晶晶。美丽的腿上缠着一根袜带，在抚摸着一切的微风中轻轻飘动。整个如镜面般光亮的美梦仿佛都在摇曳飘荡。我感到无比幸福。在一瞬间里，我想到了"这个人"。那当然就是校长先生。他突然出现在我眼前，骑着高头大马，披着闪闪发光、高贵又庄严的黑色铠甲。长剑垂在身侧，战马充满斗志地嘶鸣。"噢，看哪！骑在马背上的校长。"我心想。随后我竭尽全力地大声喊叫起来，四周的山谷和沟壑都回荡起我的声音："我已经做出了决定。"——但校长先生似乎没有听到。我声嘶力竭地喊："哎，校长先生，您听我说。"没有用，他转过身去，只留给我一个背影。他看向远方，目光越过广阔的土地，落在远处的生活上。他甚至完全没有转头看我。就在这时，梦境好像合着我的心意，一点一点向前滚动起来，仿佛是一辆开动的汽车，然后我们就到了沙漠的中心，我和"这个人"，还能有谁呢，当然就是本雅门塔先生。我们四处漫游，和沙漠居民做起了买卖，一种清凉的、可以说是非常美妙的满足感令我们不可思议地振奋起来。我们两个仿佛都从所谓的欧洲文明里永远出逃了，或者说，至少是离开了很长很长时间。"啊哈，原来就是这个，这个！"我不由自主地这样想着，有些后知后觉。——但那究竟是什么，我到底想到了什么，我怎么也猜不透。我们继续漫游，途中与一群怀有敌意的家伙狭路相逢，但我们驱散了这伙人，我甚至都没看清这是如何发生的。漫游的日子一天天过去，大地上的各个地方也随之像走马灯一样从我眼前闪过。漫长的、难以忍受的几十年挥手而逝，成了我经历的一部分。多么神奇。一个个星期像一连串闪闪发光的小石子。有些可笑又十分奇妙。"你知道吗，雅各布，逃离文明，实在是妙不可言。"成了阿拉伯人模样的校长时不时这样对我说。我们骑着骆驼，被眼前的风土人情深深地吸引了。连绵的土地处在一种不可思议、温和而轻柔的运动中。是的，它们仿佛在我的眼前稳步前行，不，它们是在飞翔。大海浩浩荡荡地蔓延开来，仿佛一个巨大的、蓝色的、被水浸透的思想世界。耳边不时传来鸟儿的鸣叫和动物的咆哮，头顶上不时有树叶沙沙作响。"你还是跟我一起来了。我早就知道。"被印度人拥戴为王公的本雅门塔先生说。太奇妙了！我们在印度发起了一场革命，多么激动人心，多么难以置信。而且我们的闹剧看起来相当成功。活着是那么有滋有味，我全身上下每个关节都能感受到。生活在我们辽远的视野前铺开，就像一棵大树舒展开枝叶。我们的脚步如此坚定。我们踩在冰冷的河水里涉过危险与见识，脚下的凉意缓解了我们的燥热。我和校长，永远的侍从和骑士。"这样也好。"我突然在心里对自己说道。就在这么想的时候，我从梦中惊醒。我环顾四周，发现本雅门塔先生也睡着了。我叫醒了他，对他说："校长先生，您怎么能睡着呢？不过请允许我告诉您，我已经决定了，我愿意和您一起去任何您想去的地方。"——我们握住了彼此的手，这是一个意味深长的动作。

我开始准备行李了。是的，我们两个，校长和我，我们忙于收拾，打包、拆除、整理、拖来扯去，推走这一样又撞开那一样。我们要去旅行。我没有什么可抱怨的。这个人是适合我的，我不再追问自己为什么。我觉得生活需要冲劲，而不是一味思前想后。我今天还要去和我的哥哥道别。我不会在这里留下任何东西。没有什么能束缚住我，没有什么会迫使我说："如果我怎样怎样，那它就会怎样怎样……"不，不存在任何东西有待我去假设，需要我去"如果"。本雅门塔小姐躺在地下了。学徒生们，我的同学们，也风流云散，奔赴各种差事。如果我粉身碎骨或自甘堕落，那么粉碎的是什么？堕落的是什么？一个零。我这么一个人，只是一个零。好了，扔开这支笔吧。从现在起远离有思想的生活。我要和本雅门塔先生一起走进沙漠。我想看看，在这片蛮荒之中是否也能够活命，能够呼吸，能够存在，能够不加掩饰地盼些好事、做些好事，然后在夜里安然入梦。说什么呢！现在我什么都不愿再想了。甚至不愿再去琢磨关于上帝的事？不！上帝与我同在。我还要想他干什么？上帝与不思考的人同行。再见了，本雅门塔学校。

策划编辑 ｜ 苏　骏
责任编辑 ｜ 苏　骏

营销总监 ｜ 张　延
营销编辑 ｜ 狄洋意　　闵　婕　　许芸茹

版权联络 ｜ rights@chihpub.com.cn
品牌合作 ｜ zy@chihpub.com.cn

出品方 至元文化（北京）
CHIH YUAN CULTURE

Room 216, 2nd Floor, Building 1, Yard 31,
Guangqu Road, Chaoyang, Beijing, China